六集理论文献电视片

解说词图文本

中共黑龙江省委宣传部　黑龙江电视台 编

人民出版社

理论文献审字【2012】第19号

图书在版编目（CIP）数据

文化伟力 ／ 中共黑龙江省委宣传部，黑龙江电视台
编. —— 北京 ：人民出版社，2012
　ISBN 978-7-01-011457-6

　Ⅰ．①文… Ⅱ．①中… ②黑… Ⅲ．①文献纪录片-
解说词-中国-当代 Ⅳ．①I235.2

中国版本图书馆CIP数据核字(2012)第275949号

责任编辑：蒋建平
装帧设计：孙 钊　王 静

文化伟力
WEN HUA WEI LI
六集理论文献电视片《文化伟力》解说词图文本
中共黑龙江省委宣传部 黑龙江电视台 编

人民出版社 出版发行
(100706　北京朝阳门内大街166号)

北京达利顺捷印务有限公司印刷　新华书店经销
2012年12月第1版　2012年12月第1次印刷
开本：710毫米×1000毫米 1/16　印张：10
字数：100千字
ISBN　978-7-01-011457-6　定价：30.00元
邮购地址 100706 北京朝阳门内大街166号
人民东方图书销售中心　电话（010）65250042　65289539

六集理论文献电视片《文化伟力》
组织机构

总顾问：吉炳轩　王　蒙

总策划：张效廉

策　划：张　翔

总监制：李寅奎　刘玉平

监　制：刘　宁

制片人：庞玉红　沈　书　董长青

编撰指导：杨胜群

总撰稿：张　翔

撰　稿：樊志辉　丛　坤　高原丽　高　方

　　　　王　秋　静　伟　刘振怡　庞玉红

　　　　陈　文　高勇泽

编导组：姚冬梅　刘春霞　高　苒　林　琳

　　　　单连德　申江伟　魏春桥　高宏飞

编导助理：张思宇

摄　　像：王　琳　罗怀松　陈家东　冯　宇

　　　　陈　韬

配　　音：王　波

音　　乐：徐　豪

片头制作：于国辉　宋春晓

制　　作：刘　薇　陆　阳　张　洋

技术监制：周宏飞　门　锐

摄　　制：中共黑龙江省委宣传部　黑龙江电视台

文化之伟力

　　为贯彻落实党的十七届六中全会精神，坚持中国特色社会主义文化发展道路，推动社会主义文化大发展大繁荣，建设社会主义文化强国，并以思想理论文化的精品力作向党的十八大献礼，我们拍摄了这部表现文化伟大力量的理论文献电视片《文化伟力》。

　　我们党历来具有高度的文化自觉、文化自信，始终坚持文化自主、文化自强。早在革命时期，毛泽东同志就曾提出"战争之伟力"，他也非常重视文化之伟力，指出："我们要战胜敌人，首先要依靠手里拿枪的军队。但是仅仅有这种军队是不够的，我们还要有文化的军队"。回顾90多年的奋斗历程，我们党始终以文化的觉醒和觉悟，引领前进方向、凝聚奋斗力量、推动事业发展。

　　文化是人类社会发展中光耀古今的火炬，在潜移默化、润物无声中释放着无穷的力量。《文化伟力》共六集，按照文明之源、凝聚之魂、创造之光、竞发之帆、兴业之柱、强国之路的逻辑顺序展开叙述。文化是文明形成的基因、传承的载体、发展的源泉，在文化发展的进程中推动着文明的进步。劳动创造文化和文明，文化是文明的基础，文明是文化的高级形态。人类社会在以文化推动文化自身发展的同时，更以文化推动着物质文明和精神文明建设。文化凝聚着一个国家、民族和群体的精神力量，是维系社会认同、和谐的力量之源。文化是熔铸民心的纽带、民族认同的基石、引领前进的旗帜，对于思想启蒙、理论引领、理想认同、精神激励、道德规范具有重要的凝聚作用。这也是我们加强文化建设，特别是以社会主义核心价值体系引领风尚、凝聚力量、砥砺精神、统一意志的根本之所在。文化最需要创造也最能够创造，是激发人类社会创新的内生动力。胡锦涛同志指出："文化的生命力在于文化的创造力。"文化的创造既表达着人类在改造自然、创造历史中的文化创造，又表达着文化通过对人类思想、智慧、能力的创造，进而推动科技、物质、社会的创造。文化软实力是综合国力的重要内容，直接关乎着国际竞争力和影响力。文化在国际竞争中的地位和作用日益凸显，占据了文化发展的制高点，才有机会更好地提升本国的国际竞争力。文化竞争就必须使文化走出去，打造具有本国风格、气派、实力的主流文化，并不断深入影响世界。文化产业不仅是国民经济的支柱产业，而且也是转变经济发展方式的重要途径。随着科技进步和知识经济的迅猛发展，文化与科技、旅游、体育、会展等产业的渗透、融合加速，文化产业日益成为经济快速增长的重要引擎和新增长极。可以讲，文化已经渗透到经济发展的全过程，只有当经济具有更多文化含量时，才能提高经济发展的质量和水平。文化是引领社会思潮、提升公民素养、推动社会进步的有效载体，文化大发展大繁荣是实现中华民族伟大复兴、建设社会主义强国的必由之路。文化发展繁荣对于提高公民素质、提升文化软实力、坚定不移地走中国特色社会主义文化发展道路、建设社会主义文化强国具有重要作用。本片想着力回答，建设社会主义文化强国，就要以社会主义核心价值体系引领多样化的社会思潮，以改革创新精神推动文化产业发展，以以人为本理念发展公益性文化事业，为中华民族实现伟大复兴注入强劲动力。《文化伟力》力求从以上内在紧密联系的六个方面阐述文化的伟大力量，深刻揭示文化的内涵、文化的功能。

《文化伟力》的主题突出、特色鲜明，力图绘就一幅文化的传承与创新、现实与未来、东方与西方交相辉映的恢宏画卷。《文化伟力》力求准确展现古今中外文化的传承。从文化是文明的源流谈起，讲述古今中外文化的承袭和演进。按流域和时间的逻辑旁征博引，阐述世界文明的传承；按农耕文化、诗书文化、礼乐文化的顺序引经据典，阐述我国古代的文化传承；按马克思主义传入、革命文化、新民主主义文化、社会主义文化和中国特色社会主义文化的次序列举典型事例，阐述现代、当代文化的传承。《文化伟力》力求全景式展示东西方的文化交流。着力展现文化交流的重要意义、文化交流与国力的关系、历史上和当前我国文化交流的状况。从古至今地讲述中华文化对外来文化的吸收和借鉴，以及中华文化的对外输出和影响，强调"文化强则国强，文化弱则国弱"，要打造具有中国风格、中国气派、中国特色的文化。《文化伟力》力求客观表述当前文化的发展状况。深刻分析了"文化中国"时代的内外部条件，特别是当前世界各国文化发展的情况，以及我国文化产业和文化事业发展存在的差距和问题。在整部片子中贯穿着对我们党文化战略和文化政策的宣传，深化人们对中国特色社会主义文化发展道路的认识。《文化伟力》力求前瞻性描绘文化的趋势和方向。遵循文化发展的客观规律，积极预测我国文化产业、文化事业和文化交流的走向，科学描绘了社会主义文化发展的强劲势头和美好前景。从党的十七届六中全会《决定》切入，明确提出努力建设社会主义文化强国的战略目标，以引导人们客观准确地理解中国特色社会主义文化的未来。

《文化伟力》在表现形式上，力求体现理论性和思想性、知识性和传播性、艺术性和观赏性的统一。在理论性和思想性上，力求站位高远，视野开阔。《文化伟力》尝试着站在民族复兴的高度，以历史、现实、比较为视域、以"文化是推动人类社会发展的动力"为主题、以"文化的力量内涵"为主线展开叙述。这部片子着力科学把握文化发展的客观规律，准确阐释文化力量的深刻内涵，清晰呈现文化发展的深刻要义和重要意义，努力提升浓厚的精神感染力、深刻的理论说服力和强烈的思想启迪力。在知识性和传播性上，力求内容丰赡、构思巧妙。《文化伟力》尝试通过丰富的文献、翔实的史实，巧妙的构思、合理的布局，将文化的价值、文化的交流以及文化的历史、现实、未来，别具匠心地连缀起来，尽力实现历史厚度、事例热度、对比宽度的统一。这部片子努力不拘泥于抽象地谈论文化，而是试着运用喜闻乐见的形式和大众化的语言，以"讲历史，说事例，看影像"的方式，向观众展示文化的力量。在艺术性和观赏性上，力求气势恢宏、画面精美。《文化伟力》重视运用电视艺术，在场景选择、场面转接、动画特效、音乐搭配等方面都进行了精心而别致的设计，力求实现了精度制作、画面靓丽和音乐优美的结合。这部片子也尽力以生动的电视影像、形象的事例数据、权威的高端访谈，将深刻的哲理演绎为精湛的艺术，努力实现情理交融，震撼人心，大气磅礴。

党的十七届六中全会明确提出："坚持中国特色社会主义文化发展道路，努力建设社会主义文化强国"的战略目标。党的十八大是我们党在全面建设小康社会关键时期和深化改革开放、加快转变经济发展方式攻坚时期召开的一次十分重要的大会，必将对"建设社会主义文化强国"战略作出新部署，我们将按照十八大的要求，充分认识文化改革发展的重要性和紧迫性，更加自觉、更加主动、更加自信地推动中华文化繁荣兴盛。

中共黑龙江省委常委、宣传部长
《 文 化 伟 力 》 总 策 划　　张毓廉

目 录

第一集

文明之源

文明之源

【字幕】山西省襄汾县陶寺遗址

【解说】这座位于山西省襄汾县的陶寺遗址，是我国新石器时代晚期的大型聚落遗址，距今大约在4000年到4600年左右。在所出土的文物中，有一件残破的陶制扁壶，考古人员惊奇地发现，在扁壶身上，有一个朱砂写成的"文"字。

有学者称，这是中国迄今发现的最早的文字，比殷墟出土的甲骨文有着更为久远的历史。而殷墟甲骨卜辞上的"文"字，与这件陶器上的"文"字，在书写上几乎没有差别。直到今天，"文"字也是字形变化最小的汉字之一！

【专访】（中国社会科学院考古研究所所长　王巍）：陶寺这件有文字的扁壶的发现，是中国考古的一个重大的发现。

【解说】文字，是传承文化和文明的重要载体。

中国最古老的哲学典籍《周易》中说："观乎人文，以化成天下。"或许这就是汉语中"文化"一词最为切近的阐释和最为久远的源头。

关乎人文，以化成天下。

——《周易》

【专访】（中国文化软实力研究中心主任　张国祚）：文化，就是以文化之，我们可以说以文化人，以文化物，以文化社会，以文化历史。这个"文"，它是表示一种什么呢？表示一种思想、一种观念、一种智慧；那么"化"呢，则是表示，就是要用这种思想、这种观点、这种智慧，来融入到人们的思想中、行动中、社会中、历史发展中。所说的以文化之，就是要以这种无形的思想、无形的观念、无形的智慧来引导、来指导、来推动有形的社会、有形的事物、有形的发展。

【解说】文化是人类实践活动的结晶，是人们在社会生活中所获得的一切能力以及精神创造物，更是人类文明得以存续、传播和绵延的动力。翻开人类社会发展的历史，人类告别蒙昧落后、走向开化文明的每一个环节，都清晰地镌刻着文化进步的烙印。人类社会发展的历史，不仅是一部生命繁衍、岁月流转的历史，也不仅仅是改造自然、创造财富的历史，更是一部文化进步、文明传承的历史。

【专访】（北京大学教授 丰子义）：文化是文明形成的基因，是文明传承的载体，是文明发展的源泉。劳动创造文化和文明，而文化是文明的基础，文明是文化的

高级形态。人类社会在推动文化自身发展的同时，更以文化推动着物质文明和精神文明。

【动漫】地球转动，出现尼罗河、幼发拉底河、底格里斯河、印度河、恒河、黄河、长江等河流名字。

【解说】流淌在北半球的这几条悠长深远的河流，

在它们的流域，相继产生了泽被整个人类的四大文明。古巴比伦、古埃及、古代中国、古印度，并称为四大文明古国，是人类文明最早诞生的地区。而这四大文明正是由它独特的文化积淀而成，也正是文化，记录了那段辉煌的文明历史。

【中央电视台新闻】希腊新卫城博物馆开馆。

【解说】2009年6月20日，希腊新卫城博物馆在举世瞩目中轻启面纱，4000多件古老而珍贵的文物展示在世人面前，成为昔日辉煌的古希腊文明的见证。

【专访】（中国社会科学院世界历史研究所研究员　郭方）：古希腊卫城博物馆新馆的建成，引起了世人的关注，这是由于古希腊有着灿烂的文明。在希腊古典时期，荷马史诗、神话、伊索寓言、悲喜剧、建筑、雕塑、音乐各种门类的艺术；奥林匹克运动会，在古希腊历史上，持续超

过千年，在今天还激动着全世界人民的心。

【解说】世界四大文明造就了人类文明的辉煌。德国著名哲学家雅斯贝尔斯在1949年出版的《历史的起源与目标》中，提出了著名的"轴心时代"学说。他称，公元前800年至公元前200年之间，尤其是公元前600年至公元前300年之间，是人类文明的"轴心时代"。这是人类文明的重大突破时期，发生了许多非凡的事情，出现了一批伟大的人物，他们的思想映射出了那个时代的文明印记，

放射出了照耀人类文明的璀璨光芒。

【专访】（中国社会科学院世界宗教研究所研究员 黄陵渝）：在轴心时代里，出现了许多伟大的精神导师。在  古代希腊有苏格拉底、柏拉图、亚里士多德，在古代以色列有犹太教的先知，在古代印度有释迦牟尼，在古代中国有孔子、老子，他们的思想精神，塑造了不同的精神文明和文化形态，不仅流芳百世，而且至今仍然影响着人们的信仰与生活。

【解说】透过世界文明之窗，不仅先哲们深邃的思想直到今天依旧闪耀着灿灿光辉，那些伟大的文化遗存，同样让人们无限钦服和景仰。令人震撼的金字塔，气势恢宏的万神殿，古希腊竞技场上的圣火，经书上的古老梵文，

这些文化遗迹和经典永远是人类的精神丰碑和伟大的历史遗产。一个民族的文化，凝结着这个民族的历史认知，沉淀着这个民族最深层的精神追求，同时，又开启着对未来的向往。文明的传承，始终是以文化为载体，正是文化的积淀，造就了人类的文明。

古希腊、古罗马文明对西方世界的影响是非常深远的。

【专访】（中共中央党校原副校长　李君如）：最简单的一个例子，世界上许多民族，现在运用的语言文字，源头多是古希腊文和拉丁文。从政治上看，它留给我们民主的思想和制度；从思想上看，柏拉图和其他一些哲学家提出的论点，至今仍然是哲学讨论的重要内容。

【字幕】长江　黄河

【解说】这两条奔涌不息的河流，蜿蜒在中国的版图上，她们孕育出了世界上唯一的绵延数千年而又从未中断

的中华文化。五千年来，中华文明源远流长，成为世界文明史上的奇迹。

【专访】（黑龙江省文联主席 傅道彬）：《周易》是中国古代一部古老的哲学经典，但是它独特的这种结构方式，对现代计算机的二进制，却产生了深刻的影响；中国诗歌里边的象征性，国画的写意性、书法的线条性，在世界文学艺术史上独树一帜；海上丝绸之路的开辟，连接了亚洲与欧洲两种不同性质的文明，促进了不同性质文明之间的交流。

【解说】在人类漫长的岁月里，中华文化创造了无数令世人叹为观止的成就，对世界文明作出了不可磨灭的贡献。

这里是北京天安门西侧的社稷坛，今天它虽然不及天坛、地坛名声远播，但在古时候，这里却是最重要的祭祀场所。中国自古以来就是一个以农业著称的大国，而社稷坛正是用来祭祀土神和谷神的。

【专访】（清华大学教授 张国刚）：传说炎黄时代，先民们就已经从事稼穑了。考古发现，至少距今8千年前的新石器时代，中国人就开始种植稻谷、小米等农作物了。先秦有一首歌谣说，日出而作，日入而息，凿井为饮，耕田为食，形象地表达了先民们从事农业生产的这个生活场景。

【解说】在中国历史的悠悠长河中，炎帝神农氏与黄帝轩辕氏始终作为中华民族的人文始祖，备受历代炎黄子孙的千秋景仰。人们在早期的长时间的农业劳动生产中，形成了男耕女织、守望田园、辛勤劳作的经济机构和生活制度，这是中国存在的最广泛的文化类型，最终繁衍出了与游牧文明相对应的另一种人类早期的文明形态——农耕文明。

【解说】从中国的人文始祖炎黄二帝开创农业至今，几千年过去，农业仍旧是中国人最重要的赖以生存的依靠。历史发展到今天，现代科技文化已经融入农业生产，古老的农耕文明发展为现代农业文明。"中国杂交水稻之父"袁隆平研发的超级杂交水稻达到大面积亩产900公斤，每年可以为世界多养活四五亿人。今天的中国，用占世界7%的耕地养活了占世界20%的人口，科技为古老的农耕文明插上了高飞的翅膀。

【专访】（清华大学教授 刘玲玲）：在中国文化产生和发展的过程中，农业文化是基础，它满足着人们最基本的生存需要，决定着中华民族的生存方式。

　　【解说】中华文明有着丰富的内涵和形态，而浩如烟海的中华古代文化典籍，不仅记录了中华文明的历史进程，更是将中华文明一步步地推向更加辉煌的巅峰，成为中华文明的又一份灿烂的瑰宝。

【解说】上至周秦汉唐，下至宋元明清，王朝变更，帝号更迭，中华民族的传统文化始终根植于华夏文明之中。四书五经的深邃哲理，"百家争鸣"的学术盛景，唐诗宋词的千古绝唱，共同构建起中华民族一座座浩大的文学殿堂。一大批流芳千古的哲人、诗人、词人、小说家，他们的深刻思想和优美辞章，化成巨大的精神能量，点亮了一代又一代中国人的心灵之光。

【专访】（哈尔滨师范大学教授　隋丽娟）：

华夏文明也叫中国文明，而谓华夏的原因，是因为，夏，大也。什么意思呢，就是有礼仪之大，有文章之华的原因。因此说，这些传统的诗书文化，是华夏文明形成的非常重要的内容，而这些作品所涵盖的思想也是博大精深的。

【情景再现】古时私塾里背诵《三字经》场景。"人之初，性本善，性相近，习相远。"

【现场】今天的学校里孩子们背诵《新三字经》的场景。"天行健，人自强，生我材，为兴邦。"

【解说】 《三字经》是明清时代流传下来的最简单质朴的启蒙读物，它反映了那个时代人们最鲜明的善恶好恶。全篇不过千余字，但却对中华传统文化作出比较浅显的解读。而这首《新三字经》以236句、1416字的篇幅浓缩人生哲理、社会经验，堪称文化启蒙、人生励志、传授人生经验、进行思想教育的新读本。

【专访】 （文化部原常务副部长、《新三字经》作者

高占祥）：三字经这种形式太好了，我们的先贤们留下了很多非常闪光的思想，我们把它消化、融合，我就是想用（新）三字经来补充一下这一段启蒙读物的空白，所以我（们）把古代的跟今天的结合起来，既体现我们时代的精神要求，又体现我们古代的（优良）传统。

【解说】"乐者，天地之和也。礼者，天地秩序也。"礼乐文明作为中华文明的精粹，展现着文化的魅力，陶冶着人们的情操，构建着文明社会的秩序。

【画面】《周乐颂和平》演出现场

【解说】2009年11月12日，大型民族交响音乐会《周乐颂和平》在人民大会堂三楼小礼堂隆重上演。整台音乐如行云流水，精彩纷呈，高潮迭起，引起巨大轰动，它充分再现了中华民族礼乐文化的魅力。

【解说】礼乐文化是中华民族的祖先进入文明社会的创造。那些一直延续到今天的祭祀仪式，是我们回溯昔日礼乐文化的窗口。舒缓而悠扬的金声玉振、肃穆而有序的举手投足、进退揖让、黄钟大吕、干戚羽旄是礼乐之美，

六集理论文献电视片《文化伟力》解说词图文本

盛美的仪式并不只是为了满足耳目之欢，更重要的是让人们体会其中引领人心向善的本义。德政、仁治、修身，礼乐文化的精义，是以道德为核心而建立起来的，礼乐文化成为中国古代文明重要的组成部分。

【专访】（北京大学教授 王东）："礼"最本质的东西，它是一种规范，是一种秩序，它是规范的精神、秩序的精神，因为有了"礼"，就有人的规范，就是文明和野蛮相互区分了；"礼"也是一种行为的规范，人的行为是有规矩的，有文明的气息的；"礼"有时也是道德规范。"乐"是一种和谐的精神，它起到一种其乐融融、和谐相处、移风易俗（的作用），提高境界，陶冶性情，使人超越了野蛮人，达到了一种快乐的更高的思想境界。

【解说】 源远流长、博大精深的中华文化，积淀着中华民族最深层的精神追求，包含着中华民族最根本的精神基因，代表着中华民族独特的精神标识，不仅为中华民族生生不息、发展壮大提供了丰厚滋养，也为人类文明进步作出了独特贡献；不仅铸造了历史的辉煌，而且在今天仍然闪耀着时代的光芒。罗素曾经说过："中国至高无上的伦理品质中的一些东西，现代世界极为需要"，"若能够被全世界采纳，地球上肯定比现在有更多的欢乐祥和"。

【解说】中华文化在与时俱进的发展中，也在吸纳人类的优秀文明成果。

马克思主义以科学的世界观和方法论，揭示了人类社会发展的基本规律，为先进文化建设指明了正确方向。也正是马克思主义，为中华文化注入了先进的思想内涵，中国人民才获得了科学的、锐利的思想武器，在思想上、精神上得到了极大地解放。正如毛泽东同志所说："自从中国人学会了马克思列宁主义以后，中国人在精神上就由被动转入主动"。

【**专访**】（中共中央文献研究室常务副主任 杨胜群）：马克思主义传入中国，对中国文化产生了极其深刻和深远的影响。马克思  主义植根于中国的土地，同中国实际相结合，包括同中国优秀文化相结合，产生了中国化的马克思主义。中国文化从此有了全新的价值取向、思想内核和理论指导，这是中国文化史上最伟大的变革，中国文化由此向新民主主义文化和社会主义文化革命性演进。

【**解说**】马克思主义作为科学的理论体系，指导和推动着中国文化建设的生动实践，为中国现代文明积淀了深厚的力量。

【**解说**】在革命战争年代，毛泽东同志就明确提出，把文学当作"团结人民、教育人民、打击敌人、消灭敌人"的武器。我们党领导各族人民在进行革命斗争中创造了鲜明独特、奋发向上的先进文化，形成了富有时代特征、民族特色的人文精神，不断推动着中华文化再生再造，不仅为我们创造了具有时代特征的中国革命文化和新民主主义文化，而且在今天还释放着巨大的能量。

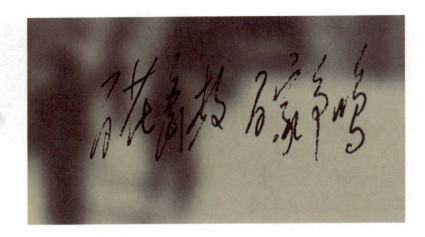

【解说】迎着新中国的曙光，我国社会主义文化建设开启了新纪元。"二为"方向、"双百"方针等一系列方针的确立，为社会主义文化发展指明了前进方向。社会主义文化事业在艰苦的物质条件下蓬勃发展，取得了一系列重大成就、重大成果，极大地激发了亿万人民群众当家作主、建设新中国的高昂热情。

【解说】改革开放以来，我们党坚持两手抓、两手都要硬，坚持社会主义先进文化的正确方向，特别是党的十六大以来，党和政府高度重视文化建设，坚持以马克思主义为指导，以构建社会主义核心价值体系为主要内容，

加快文化体制改革，促进文化事业文化产业发展，开辟了中国特色社会主义文化发展道路。

【专访】（中国社科院副院长　李慎明）：只有坚持马

克思主义的指导思想，我们才能在错综复杂的文化环境中具有坚定正确的政治方向、价值观念，才能抵御各种不良文化、腐朽文化的侵蚀和干扰，才能真正建设中国特色社会主义的先进文化。

【解说】文化，是对历史的记忆，也是对未来的开启，是促进社会文明进步的重要引擎，是推动历史向前发展的强大动力。

【专访】（文化部原部长　王蒙）：我想文化对于人类，尤其是对于一个民族、一个国家、一个地域，它都会影响甚至决定他们的生活方式、生活质量，他们的精神能力、精神品质、精神果实。它也会影响和决定这样一个族群的，他们的生产力发展程度，科学技术发展的程度，和这个社会的公正和谐的程度。在这个意义上，可以说文化决定命运。我们重视文化就是重视我们的选择和方向，关心我们的未来。

【解说】 当文化作为一个成长着的遗传因子、大厦的精神构件被重视，中国文化的云蒸霞蔚必将迎来社会主义精神文明的姹紫嫣红、春色满园。

【解说】 "千岩万壑不辞劳，远看方知出处高。溪涧岂能留得住，终归大海作波涛。"文化是一个民族的精神脊梁，中华文明的顽强生命力，植根于几千年延续发展的中华文化。正是源远流长的中华文化，改变着今天的中国，也将影响着未来的中国和世界！

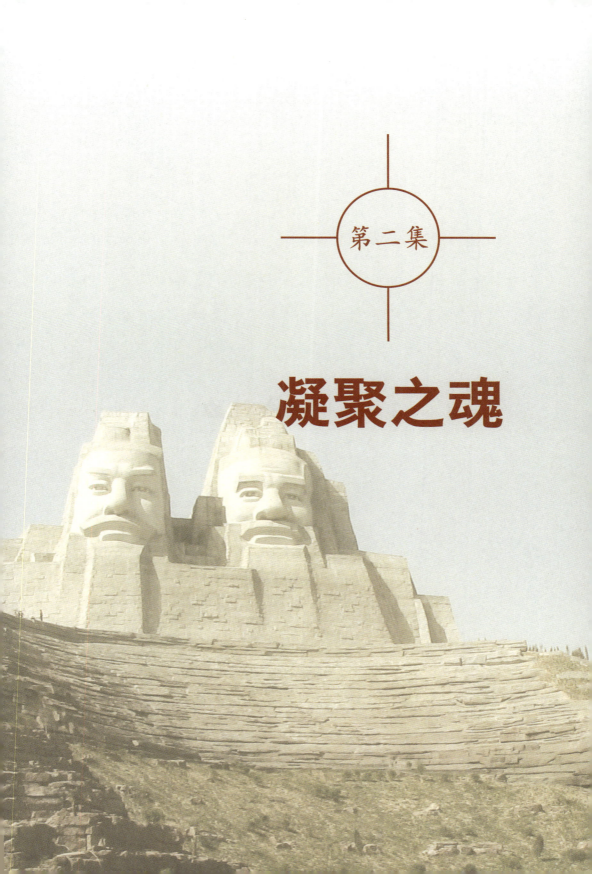

第二集

凝聚之魂

六集理论文献电视片《文化伟力》解说词图文本

凝聚之魂

【现场】2012年4月4日，陕西桥山举行公祭黄帝盛典。

【解说】黄帝和炎帝是中华民族的人文始祖。公祭黄帝始自春秋，唐代起被列为国家祭典，绵延至今。新中国成立后，祭拜黄帝陵一直是重要的公祭仪式，2004年清明节，升格为国家级祭祀大典。公祭黄帝体现了中华民族的文化认同。

1912年，中华民国临时大总统孙中山，有感于推翻帝制，建立共和，委派15名要员组团专程祭祀轩辕黄帝陵，并写下了气壮山河的祭词："中华开国五千年，神州轩辕自古传……。"

1937年，面对国共合作、统一抗日大局，中国共产党和中国国民党分别委派张继、顾祝同和林伯渠三人于4月5日同祭黄陵。

毛泽东亲自撰写祭文："……各党各界，团结坚固，不论军民，不分贫富。民族阵线，救国良方，四万万众，坚决抵抗。民主共和，改革内政，亿兆一心，战则必胜。还我河山，卫我国权，此物此志，永矢无谖……。"

【专访】（西北大学教授 梁星亮）：据个人理解，这篇文章的基本思想是：第一点，缅怀黄帝精神，进行全民族抗战的动员。第二点，就是国共合作统一战线问题，这个祭文和这个祭祀活动是个重要起点。

文化认同是民族团结稳定的精神纽带，是民族生命延续的精神力量，是民族认同、国家认同的重要基础。

在五千年的发展中，中华民族形成了自己的文化认同，源于这种文化认同，他们不论身处何地，都会有一种与国家、民族休戚与共的情怀。

【专访】（中共中央党校原副校长　李君如）：文化

是每一个人的精神标
签，也可以说是，每
一个无意识中的集体
认同，它影响到人们
的思想观念、行为举
止，成为人们的日常
思维方式。

　　【解说】孔子一生致力于办学和游说，在他去世大约
三百年后的西汉时期，被奉为圣人。董仲舒将他一生中苦
苦追求的"仁"与"义礼智信"连为一体，并称之为"五
常之道"。

【专访】（中国社会科学院历史研究所　王启发）：中华传统美德历经数千年传承不衰，已经融化在民族精神的血脉中，成为整个社会的思想道德信仰和支

撑，对塑造国民性格、培育中华文化、促进社会发展发挥了重要作用。它们就像阳光、空气和水分一样，时时刻刻滋润着我们民族的生命，更新着我们民族的文化基因和精神生活。

【解说】中华民族是具有强大凝聚力的民族。中华民族上下五千年，经历过内部分裂和外敌的入侵，都压不倒、打不垮，中华文化发挥了无比强大的凝聚力。

【专访】（人民大学国学院教授　黄朴民）：中华民族之所以经历种种磨难，还是存在下来，而且不断地壮大发展，这跟我们中国人有自己的凝固的、或者坚定的道德理念、信仰是直接有关的。

【画面】孔子在新加坡、越南、日本、韩国等国家的塑像。

【解说】儒家思想对世界许多国家的思想文化产生
了深远影响。在韩国，儒家纲常伦理教育被定为最重要课
程，作为规范人的基本行为准则。1988年10月，新加坡第
一副总理吴作栋提议把儒家东方价值观提升为国家意识，
并使之成为每个公民的行动指南。1990年2月，新加坡政
府发表了充满儒家伦理精神的《共同价值白皮书》。在日

本，被誉为"日本近代经济的最高指导者"的企业家涩泽荣一，"一手执《论语》，一手执算盘"，开创了日本儒家式经营之风，他倡导的"经济道德合一"说，成为日本经济高速发展的重要因素。

【专访】（哈尔滨师范大学教授 隋丽娟）：中国文化不但对韩国、日本，而且对菲律宾、新加坡、越南等东南亚、南亚一些国家和地区都产生了深远的影响。

【解说】在以色列的耶路撒冷，有一座"哭墙"。以"哭"的字样命名圣地，也许昭示了犹太民族苦难的历史。

这堵墙曾是犹太王国第二圣殿墙的一部分，罗马人在毁城的时候，为了保存证据，故意留下。以后的千年，流离失所的犹太人一想到这堵墙就悲愤难言、泪如雨下。

犹太民族多次失去故土，几经面临民族危机。但是即便流落到世界各地，也有着自己共同的文化信念，这就是

犹太文化的核心。正是依靠这种文化凝聚力，这个曾经流散的民族终于实现了复国的目标。

【专访】（中国社会科学院世界宗教研究所研究员 黄陵渝）：文化是以色列的根本，正是依靠文化的强大凝聚力，复国之后的以色列才能将来自世界各地背景各异犹太移民融为一体，拥有一个共同的称谓，以色列人。

【解说】文化对一个民族、一个国家的巨大凝聚作用，不仅体现在民族的文化认同上，更体现在文化的思想启蒙上。文化是引领国家和民族前进的旗帜和号角，民族的觉醒首先是文化的觉醒，社会的进步总是以文化的进步为先导，古今中外，概莫如此。

【解说】实际上，新欧洲的出现、崛起与发展，同样也是从文化的觉醒、文化的革新开始的。欧洲著名的"文艺复兴"从13世纪末在意大利各城市兴起，以后又扩展到西欧各国，16世纪达到顶点，它倡导资产阶级人本主义思想，高举民主、自由、博爱的旗帜，将一批新兴资产阶级知识分子团结在一起，在科学、文学、艺术等各方面取得突出的成就，拉开了近代欧洲历史的序幕。

【解说】文学在文艺复兴的浪潮中发挥了积极的引领作用。但丁、彼得拉克、卜伽丘等文学巨匠，摒弃了宗教的禁锢和神秘，在作品中倾注了人类美好的情感。

【专访】（北京大学教授 王岳川）：

但丁的《神曲》，首先以含蓄的手法批评和揭露了中世纪宗教统治的腐败和愚蠢，以地方方言而不是作为中世纪欧洲正式文学语言的拉丁文进行创作。和其他的文学巨匠一样，他们的作品体现了文艺复兴的本质内容，那就是人文主义精神，提倡人性，反对神性，主张人生的目的是追求现实的幸福，倡导个性解放，反对愚昧迷信的神学思想。

米开朗基罗　　　达芬奇　　　拉斐尔

【解说】在绘画上，意大利的米开朗基罗、达芬奇、拉斐尔改革以往的创作手法，把画作的关注重点回归到了人的本身。达芬奇的《蒙娜丽莎》表现了平民女子喜悦的面孔，这是文艺复兴的典型意象。而在建筑、天文、物理等学科领域，也开启了时代新风。

反对神权、突出人的作用，这种新鲜的思想光芒照耀了死气沉沉的世界。正如著名思想家威廉·席勒格评价的那样：文艺复兴就是人归人、鬼见鬼、神是神。

【专访】（中国社会科学院世界历史所研究员　郭方）：文艺复兴是以复兴古典学术为标榜，改造文学、艺术、思想、政治制度、生活方式的一场全面的文化革新和解放运动，它反映了资产阶级在获得了一定经济、政治权力之后，反封建、反传统，要求人的自由解放的一种文化追求，现代人的觉醒。

【解说】翻开中国历史，我们会发现，近代中国踏上民族复兴之路，也是从文化的觉醒开启的。

【字幕】北京，五四大街。

【画面】车水马龙，人流如织。

【解说】1919年，西方列强强迫北洋军阀政府在《凡尔赛合约》上签字，将德国在山东的全部权益"让于日本"，以此为导火索，一场声势浩大的反帝反封建的爱国运动爆发了。以北京为中心，学生罢课、工人罢工、商人罢市，席卷全国，后人称其为"五四"运动。

"五四"运动是推动社会变革的一次伟大尝试。爱国、进步、民主、科学，凝聚着进步青年的共识，汇集成推翻旧体制的强大力量。

【**专访**】（中国社科院文学研究所所长 陆建德）："五四"运动是新旧民主主义革命的分界线，"五四"新文化运动开启了新民主主义革命。在文化领域内，白话文推行，新文学、新文艺登上历史舞台。

【**画面**】上海南昌路100弄2号

【**解说**】新文化运动提倡新文化、宣传民主与科学。新文化运动革新文化、开启民智，汇聚了一大批进步青年，它也成为旧民主主义革命向新民主主义革命转变的重要标志。

【专访】（中国社会科学院学部委员　程恩富）：实际上，五四（运动）绝不仅仅是五月四日那一天学生的游行与示威，而是中国知识界和青年学生反思中国传统文化，追随民主的"德先生"与科学的"赛先生"，探索强国之路新的思想文化运动。

【画面】中央党校

【解说】1978年5月10日，中共中央党校的《理论动态》发表了一篇文章《实践是检验真理的唯一标准》，5月11日，《光明日报》、《人民日报》、《解放军报》等媒体相继转载。一场席卷全国的真理标准大讨论，开启了改革开放新时期思想解放的序幕。

【画面】党的十一届三中全会会场

【解说】党的十一届三中全会，重新确立了解放思想、实事求是的思想路线。正是在这条思想路线的指引下，我们才在解放

思想中统一思想、凝聚共识、推动发展，取得了举世瞩目的巨大成就，综合国力大幅提升，人民生活明显改善，国际地位和影响力显著提高。

【解说】一个民族、一个国家的存在需要文化认同，一个民族、一个国家的变革需要思想文化启蒙，一个民族、一个国家的不断向前发展更需要科学理论的凝聚和引领。

【解说】1899年，英国传教士李提莫太第一次在中国的报刊上介绍了马克思的思想；1920年，《共产党宣言》中文译本

在上海出版；同年11月，《中国共产党宣言》问世。1921年7月，上海的弄堂与嘉兴南湖的游船一起见证了伟大的

中国共产党的诞生。从此，马克思主义逐渐成为中国共产党的指导思想，成为凝聚中华民族的精神旗帜。

自从找到了马克思主义，中国革命的面貌就焕然一新。以毛泽东同志为主要代表的中国共产党人，把马克思主义的基本原理同中国革命的具体实践相结合，创立了毛泽东思想。正是在这一思想的指引下，中国共产党领导全国人民推翻了压在头上的"三座大山"，建立了新中国，对社会主义革命，社会主义建设进行了积极探索。

进入改革开放新时期，我们党开创了建设中国特色的社会主义的道路，建立和完善社会主义制度，形成了包括邓小平理论、"三个代表"重要思想和科学发展观等一系列重大思想在内的中国特色社会主义理论体系。正是这一科学理论体系，凝聚起华夏儿女投身中国特色社会主义建设的巨大合力，让改革开放的中国取得了举世瞩目的伟大成就。

【专访】（中央党史研究室原副主任 张启华）： 中国特色社会主义是当代中国人民的共同理想信念，是当代中国发展进步的旗帜，它反映了我们国家最广大人民群众的根本利益、共同愿望和普遍追求，既实在具体，又鼓舞人心。它把国家的发展、民族的振兴和个人的幸福紧密联系在一起，把各个阶层、各个群体的共同愿望有机地结合在一起，具有强大的感召力、亲和力和凝聚力。

【解说】 统一指导思想、共同理想信念、强大精神力量、基本道德规范，这四个方面就体现在每一个社会成员的具体行为中，体现在现实生活的方方面面。正是因为有了社会主义核心价值体系的引领，全党才有了强大的凝聚力，全国各族人民才有了巨大的向心力。

【解说】以爱国主义为核心的伟大民族精神，已经深深地融入我们的民族意识、民族品格、民族气质之中，成为各族人民团结一心、共同奋斗的价值取向。

【解说】当世界惊叹神九与天宫一号携手遨游太空的时候，我们不会忘记，那位被美国人称为"可抵五个师"、冲破种种阻力毅然回国的年轻科学家钱学森；我们不会忘记，那位冒着酷暑严寒，在飞沙走石的戈壁试验场度过8年并15次在现场领军核试验的"娃娃博士"邓稼先，正是因为有了他们心系国运苍生的科研团队，我们才有了"两弹一星"，才实现了飞天梦想。

当我们置身于川流不息的车流中，我们不会忘记，那位喊出"宁肯少活20年，拼命也要拿下大油田"的铁人王进喜。正是以王进喜为代表的那一代代石油人的爱国情怀和无私奉献，中国才甩掉了贫油的帽子。

【解说】以改革创新为核心的时代精神，弘扬了中华民族富于进取的思想品质，成为各族人民不断开创中国特色社会主义事业新局面的强大精神力量。

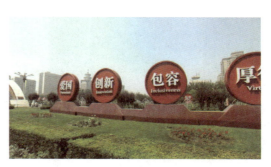

1978年冬，安徽小岗村18个普通农民按下了鲜红的指印，开启了中国农村改革的序幕；1980年8月，中央政府正式批准建立深圳经济特区，南粤大地小渔村的腾飞之路就此开始；1990年4月，党中央国务院宣布开发上海浦东，曾经的阡陌荒野变成了东方明珠。它们共同见证了中国改革开放的历史进程，共同铸就了中国特色社会主义伟大事业的灿烂辉煌。

【专访】（中共中央党校教授　严书翰）：*以改革创新为核心的时代精神和以爱国主义为核心的民族精神，是马克思主义中国化和我们党的指导思想与时俱进的重要源泉，是推进中国特色社会主义伟大事业的精神动力。*

【画面】《感动中国》的人物——人民公仆郑培民、航天英雄杨利伟、独臂英雄丁晓兵、爱心歌手丛飞，乡邮递员王顺友、好军医华益慰、自立自强的优秀大学生洪战辉……

【解说】2012年2月3日，中央电视台"感动中国"颁奖晚会感动了所有的中国人。

【现场同期】感动中国和您一起走过了十年，十年我们一直在芸芸众生中寻找，寻找那种支撑我们内心的精神力量，感动从千百年的中国传统当中一路走来，十年，不过是其中短暂的一瞬间，感动还将沿着未来中国的道路上，一路走去，十年不过是又一个起点。

【解说】算起来，这个节目已经连续举办了10年，一批批先进典型走上荧屏、走进群众。他们都是践行社会主义核心价值体系的杰出代表，诠释了中华民族的传统美德，展现了改革开放的时代风貌。

【专访】（中央电视台主持人 敬一丹）：和好人的约会，那么这样的约会，已经有十年了。感动中国的获奖者

他来自不同的地方，有不同的人生故事，也有不同的背景，然而在他们身上，我们都能体会到同样的魅力、同样的精神力量和同样的信念。平常我们说到主流价值观的时候，会觉得这个词有点抽象，是个挺大的词，但是仔细想想，感动中国这些获奖人物，在他们身上都具体地体现了主流价值观。

【画面】中央领导接见张丽莉、张丽莉事迹报告会

【解说】2012年5月8日，当失控的汽车冲向毫无防范的学生时，年轻女教师张丽莉临危一跃，用师者大爱捍卫了学生的生命安全，她却倒在了血泊之中，她用师之大爱谱写了一曲生命赞歌，诠释了人生价值。

【张丽莉现场演讲】我选择坦然的接受了现实，因为我还能感受到温暖的阳光，呼吸到新鲜的空气，还能感受到人间的真情，这一切对我来说便足够了，所有的感觉与感激汇成一句话：活着真好。

【解说】纵观中外，一个国家如果失去了共同的价值观、核心价值体系与文化认同体系，也就失去了共有的精

神家园，失去了民族凝聚力，社会就会陷入一盘散沙。

【专访】（中共中央党校原副校长　李君如）：当代中国所以能够创造令人瞩目的发展奇迹，很重要的就在于我们始终坚持和发展马克思主义，不断以思想上的新解放、文化上的新进步推动了事业的新跨越。推进社会主义核心价值体系建设，形成既传承中华古老文化有益的传统，又赋予时代气息的核心价值观，这不仅仅是建设社会主义文化强国的根本任务，同时也是对人类文明的贡献。

【解说】天行健，君子以自强不息。中华民族历经磨难而绵延不绝、生生不息，一个重要原因就是我们有深厚的文化传统、有高度的文化认同、有共同的精神家园。文化，是凝聚人心的纽带，是引领前进的旗帜，是中华民族迈向复兴的伟大力量！

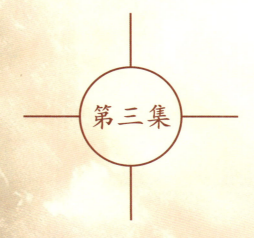

创造之光

六 集 理 论 文 献 电 视 片 《文化伟力》解 说 词 图 文 本

创造之光

【**字幕**】2008 北京奥运会

【**解说**】这是一个气势恢宏、异彩纷呈、震撼人心的场面。它以四大发明的艺术重现，史诗般展开了中华民族的文明画卷，这是用中华民族精神镌刻、古老文明意蕴书写、华夏子孙铸就出的一首奥林匹克史诗中的经典华章。

【**解说**】中国的四大发明是开启人类文明的一把金钥匙，是中华民族奉献给世界的伟大创造。发明了指南针，意大利航海家哥伦布才有可能横渡大西洋，发现了神奇的美洲大陆；发明了造纸术、活字印刷术，人类才有了更加

文化伟力

便捷地表达思想和传播文化的工具；发明了火药，人类才
有了改造世界的爆破力量。

【解说】历史印证，中国是一个极具创造力的民族。
在中华五千年的历史长河中，文化无时无处不彰显着它璀
璨夺目的创造之光。

在五千年的文明史上，我们的先贤贡献了众多泽及
人类、深刻改变世界面貌的发明创造。古代中国在天文历
法、地学、数学、农学、医药和人文科学的许多领域，都
曾领先世界、独步一时。直到15世纪以前，中国的科学技
术在世界上保持了千年的领先地位。工业革命之前，世界
的发明创造，中国占了20%多。中华文明具有海纳百川、地
承万物的气魄，因兼容并蓄而丰富多彩，因推陈出新而充

满活力，因特色鲜明而远播四方。

【专访】（北京大学教授丰子义）：创造使人类不断迈上新的阶梯，这种勇于前进、勇于发现的精神是中华民族、也是全人类不断进步的动力。

在中华文化中，创造是它重要的内核。

【字幕】中国文学艺术界联合会第九次全国代表大会

【解说】胡锦涛同志指出："文化的生命力在于文化的创造力。中华民族之所以能在漫长的历史长河中培育和发展了博大精深的中华文化，根本原因就在于中华民族有着旺盛的文化创造力，善于在继承前人文化创造的基础上不断进行新的文化创造。"

【专访】（中国社会科学院历史研究所研究员　王启发）：中华文明之所以有如此强大的生命力，就在于它内在的转化生成功能，它的吐纳吸收功能，它的不断更新创造功能。文化的创造在于它自身的发展创新，不断探索和追求上。

【解说】创新是一个民族的灵魂。思想的创新是人类社会的永恒主题，是时代进步、文化繁荣的内驱动力。人类的每一次进步都和思想的变革紧密联系在一起。

【解说】当我们的目光穿越时空，探寻人类文明与文化的来路时，不禁发现，照耀我们心灵的一直是思想那璀璨的光芒，一位位思想巨人引领我们从蒙昧走向文明。春秋战国是我国古代文化辉煌灿烂的时代，涌现了儒家的孔子、孟

子，道家的老子、庄子，法家的韩非子，墨家的墨子等一大批思想家，著书立说、百家争鸣，对人类的思想演进产生了极大的影响。

【解说】北宋程颢与同胞兄弟程颐共同建立起自己的理学体系，经过弟子杨时再传，到南宋

朱熹走向完善。作为宋明理学的主要派别之一，程朱理学消化和吸收了前人思想的精华，成为理学各派中对后世影响最大的学派之一。

【解说】人类伟大的思想创造，从来都是独立却又神奇般的呼应着。苏格拉底的辩证法和"认识你自己"开启了人类自我反思的思想通途。柏拉图的理念论和《理想国》，为欧洲乃至整个人类奠定思想的典范和城邦治理的社会图景，以至于20世纪著名的思想家怀特海如此的说："全部西方思想都是柏拉图的注脚"。亚里士多德的逻辑学、形而上学、伦理学、政治学、物性学等等构建人类完

整的知识系统，成为西方乃至全世界至今仍需持续消化理解的思想宝库。

【解说】西方思想文化来源于地中海沿岸的古希腊文化、罗马文化、希伯来文化。早在古希腊时期，西方就产生了几何学、天文学、数学等学科，成为近代科学的起源。近代的天体运行论、万有引力定律、进化论，现代的量子论、相对论等学说都形成并发展于西方，对人类历史的进步和科学技术的迅猛发展产生了巨大的推动作用。当西方思想文化主张个体自由，形成了权利本位观念，派生出西方的人权观念、民主观念等等。应当承认，西方思想文化在历史上对人类文明发展作出过重要贡献。

【专访】（中国社会科学院学部委员 程恩富）：人类发展进步离不开思想的创新。古今中外，那些挺立时代潮头的文化先驱，那些彪炳史册的名家大师，无不拥有高远的思想境界、高尚的价值追求，无不把实现个人价值与推动历史发展进步有机结合。只有坚持正确的价值坐标，坚持不断创新的思想情操，才能启迪人们心灵、引领社会前行。

【解说】笼天地于行内，挫万物于笔端。中华文化的创造之光，在人类的灵性之域得到了充分的体现。诗歌、小说、绘画、舞蹈、戏曲、戏剧、影视等各种领域不断推陈出新，造就了一部又一部精彩绝伦的杰作，为世界艺术殿堂留下了宝贵的精神财富。

　　智慧的灵光在笔端铸成永恒的经典。形成于春秋中叶的《诗经》，是我国最早的一部诗歌总集，收入了305篇代表作品，展现了500年的诗歌创造，成为诗歌创造传统的光辉起点和现实主义文学的传统的源头。

唐代诗人以充满激情的思维想象，将自己的感情投射在自然景物之上，创造了许多优秀诗篇，照耀着中国诗坛。将诗歌推向了高潮，树起了中国诗歌史上的一座难以逾越的丰碑。

宋人运用不同的词牌、变换的长短句，缔造了宋词。在古代文学的阆苑里，宋词好似一座芬芳绚丽的园圃，以姹紫嫣红、千姿百态的风神，与唐诗争奇，历来与唐诗并称双绝，创造一代诗歌繁荣。

【画面】国家图书馆

《红楼梦》、《三国演义》、《水浒传》、《西游记》被称为四大名著，它们是这里借阅率最高的图书，人们百看不厌。

【解说】二十世纪初，人们开始追求更加自由的思想和文学样式，白话文的出现，使中国古代语言表达方式过渡到了现代语言表达方式。

【解说】1917年，陈独秀将自己创刊的《新青年》编辑部迁到北京，形成了一个新的文化阵地，李大钊、鲁

迅、胡适、
钱 玄 同 、
刘半农等人
纷纷发表文
章，倡导写
作白话文。

【解说】新文学发展迈入第二个十年，形成了以左翼
文学为主的新文化潮流，以鲁迅为代表的"左翼"文学领
袖，写下了一篇篇战斗檄文。

【字幕】鲁迅纪念馆

【解说】从1918到1922年，鲁迅发表了50多篇作品，

描写了阿Q、祥林嫂、华老栓、闰土等一批社会底层劳动者的悲惨命运，表现了他对封建制度的深刻批判。先生蕴涵深刻的小说、一刀见血的杂文，向黑暗压抑的旧社会发出了战斗的呐喊。

【专访】（上海鲁迅纪念馆馆长王锡荣）：鲁迅先生作为我们中国二十世纪最有代表性的作家，他笔下

人物《狂人日记》里面的狂人，他通过这个狂人的眼睛，就看到了这个社会现象，让人得出一个振聋发聩的一个结论是，我们这个社会是一个吃人的社会、（这个）给当时社会带来非常大的震撼，（就）促使整个社会来思考，我们怎么样改变这种状况，怎么样极大地提高我们中华民族的素质，进行一场文化的改革。

【解说】矛盾的《子夜》、巴金的《家》、老舍的《骆驼祥子》等都是这一时期的代表作，作家从各个角度反映了当时社会的黑暗情况，塑造了不同阶层的人物形象。

【**专访**】（中国社会科学院文学研究所所长　陆建德）：艺术总是在吐故纳新中不断前进的，也是在创新创造中实现发展的。只有创新创造，才能达到艺术的高峰，才能实现文化园地的繁荣昌盛，才能焕发文化发展的蓬勃生机。

【**解说**】诗歌、小说是将人类澎湃激荡的表达付诸笔端，绘画则是在五彩斑斓的世界里勾勒出一片新天地。

【**解说**】中国的绘画最早可以追溯到新石器时代，古人创造性地在陶器和岩石上绘画。魏晋南北朝时，壁画如火如荼地发展起来，敦煌莫高窟里保存了大量艺术造诣极高的壁画。绘画在宋代达到了巅峰。到了清代，画家转向表现自我，不拘泥于自然的真实性，八大山人、扬州八怪、任伯年、吴昌硕等都有很强的自我风格。现代画家将

绘画艺术带到了新的领域，徐悲鸿借鉴了西洋写实主义的技法改良了中国画，创作了融会中西绘画技法、具有独特风格的《奔马》、《九方皋》等国画。

【解说】起源于原始人类部落图腾艺术的舞蹈，将静态美变得活灵活现。无论是敦煌壁画上长袖善舞的飞天，还是民族兄弟姐妹的纵情律动，舞蹈在一代代传承、发展。

在新中国的舞台上，一大批舞蹈家将民族舞蹈语汇和现代生活相结合，创造出

众多的精品，刀美兰、戴爱莲等等都为我们留下美好记忆。2012年，永远不老的"孔雀公主"杨丽萍再度登上春晚的舞台。从1989年的《雀之灵》到今天的《雀之恋》，她用柔美的肢体和细腻的内心体验，为舞蹈创造了新的含义，让我们感受了人与自然的相通和人与舞台的相融。

【解说】18世纪末，徽班进京促成了京剧的诞生，从此，一张张脸谱、一道道水袖，讲究唱念做打的京剧成了中国人的"国粹"。同时，雅俗共赏的黄梅戏、越剧、豫剧、龙江剧也都以百花齐放的姿态成为群众喜闻乐见的表演形式。

【解说】中国戏剧艺术，魅力独特，拥趸万千。

1952年6月12日，北京人民艺术剧院成立了。人艺吸收了国外话剧演出的经验，创作出了众多具有"时代强音"的剧作。从奠基之作《龙须沟》，到《雷雨》、《日

出》、《北京人》、《虎符》等，真实、质朴、生活气息浓郁、具有鲜明民族特色，已成为北京人艺的风格。

【解说】被称为第七艺术的电影是一门最年轻的艺术。1895年12月28日，法国的卢米埃尔兄弟在巴黎的一个咖啡馆里首次向社会售票公映了十多部电影，此举轰动了整个巴黎，这一天被定为电影的诞生日。喜剧大师查理·卓别林的出现，使无声电影充满了令人惊羡的魅力。1914年卓别林独出心裁地设计了一个全新的形象，小胡

子、小圆帽、小上衣、肥裤子，扭着屁股走路的姿态，幽默的表演轰动了世界。

【专访】

（清华大学教授尹鸿）：卓别林的《淘金记》、《摩登时代》、爱森斯坦的《战舰波将金号》、普多夫金的《母亲》，以及像中国的电影《神女》等一系列影片的诞生，使无声电影达到了鼎盛时期，获得了"伟大的哑巴"的美称，无声艺术造就了视觉上完美，同时促使人们对听觉产生了强烈要求。

【解说】1929年，美国的《纽约之光》问世了，它被称为是第一部百分之百的有声电影。自此，好莱坞电影城好像一座沸腾的熔铁炉，倾泻出了大批作品，世界因此认识了这座电影城，好莱坞也开始了它近一个世纪的辉煌。

【专访】（北京电影学院教授 陈山）：好莱坞的类型电影与中国传统戏剧的"起、承、转、合"的结构模式相融合，使中国电影表现出了很强

的故事性、动作性和戏剧性，这些影片堪称典范。

【解说】与中国五千年灿烂的文化相融合，中国早期电影导演也创作出了许多具有世界水准的优秀影片。蔡楚生的《渔光曲》，成为第一部获得国际电影节奖项的中国电影。1937年袁牧之拍摄了《马路天使》，成为二十世纪三十年代中国电影艺术发展高峰的标志。

新中国成立后，一大批思想性、艺术性、观赏性俱佳的电影精品相继涌现，《烈火中永生》、《党的女儿》、《铁道游击队》、《红色娘子军》等多部影片，将革命斗争的光辉历史定格在胶片上。

【解说】改革开放以来，追求标新立异的第五代导演，更加鲜明地从思想内容到艺术形式上对原有电影模式进行突破。《老井》、《秋菊打官司》、《霸王别姬》等众多影片受到专家学者和观众的广泛好评。第六代导演将镜头对准当代的小人物，用目不暇接的镜头闪回、快速流畅的节奏起伏，构成镜头语言的艺术爆发力。

【解说】传输技术的进步、电视机的普及，催生了另一种影视艺术形式——电视剧。当欧美电视剧席卷全球时，中国电视剧也在探索中不断创新。1958年6月15日，北京电视台播出了中国第一部电视剧《一口菜饼子》，电视剧走进寻常百姓的生活；1990年，室内剧《渴望》播放时全城空巷，创造了中国电视收视的奇迹；2003年，都市情感剧《男才女貌》，成为中国首部出口韩国、日本的电视剧。

【专访】（中国文化部原部长 王蒙）：创新，大家都认为它是必要的，而创新本身的发生，它需要一个积累的过程，它不到那火候，它是不会有真正的创新出现，所以最近这几十年以来，从上到下都很强调创意、创新、创造，这是

一个非常令人鼓舞的事情。

　　【解说】 文化是最需要创造，又是最能够创造的。人类在创造优秀文化的同时，也在通过文化改变着人的思维、人的理念、人的生活方式，引领和推动着人类改造客观世界的伟大创造。

　　从上古黄帝"使羲和占日，常仪占月"，到世界上第一部农业和手工业生产的综合性著作《天工开物》，再到世界上最早的"地动仪"、《周髀算经》，中华民族在人类探索自然的历史进程中留下自己浓墨重彩的一笔。

　　1964年我国第一颗原子弹爆炸成功，1967年又试爆了第一颗氢弹，　1970年第一颗人造卫星发射成功。中国的"两弹一星"，开启了中华民族再创辉煌伟业的历史新起点。

【解说】1961年4月12日，苏联宇航员加加林乘坐东方1号宇宙飞船绕地球一周，完成了世界上首次载人宇宙飞行，实现了人类进入太空的愿望。1969年7月，美国"阿波罗"11号飞船载着三名宇航员开始了人类首次登月的太空征程。阿姆斯特朗的"个人的一小步"迈出了"人类的一大步"。

【解说】跟踪世界科技进步的脚步，中国也在不懈地进行着探索。从嫦娥月球探测器的成功发射、载人航天计划的成功实施，到"蛟龙号"创造载人下潜新纪录，毛泽东同志"可上九天揽月，可下五洋捉鳖"的豪迈预言已经变成了现实。

【专访】（中共中央党史研究室原副主任　张启华）：

在当今社会要发挥文化和科技相互促进的作用，深入实施科技带动战略，增强自主创新能力。促进科技，特别是高新技术发展对于文化产业的支撑引领作用，是当前科技工作的重要任务。

【解说】只有把握时代脉搏、反映时代精神、贴近现实生活、引领人民思想的文化，才能始终赢得人民，才能始终成为社会进步的先导。

【专访】（中共中央党校原副校长　李君如）：一个没有文化底蕴的民族，一个不能进行文化创新的民族，是很难发展起来的。所以，要提高发展水平，增强发展后劲，提高群众生活质量，必须高度重视文化建设，积极推进文化创新。

【解说】人类通过社会实践创造了文化，文化的求新求变又引领了人类自身的创造。

让我们每日抱有创新之志，每时累积创新之力，每刻力尽创新之责。唯有创新，文化才能焕发生机、历久弥新、充满活力；唯有文化创新，伟大的中华民族才能永续智慧的灵光，永葆旺盛的生命力，永远屹立于世界优秀民族之林。

第四集

竞发之帆

六集理论文献电视片《文化伟力》解说词图文本

竞发之帆

【画面】韩国首尔孔子学院

【解说】这里是全球第一家孔子学院，位于韩国首尔的江南区江南大道。2004年11月，这所学院正式挂牌成立。在此后短短八年里，孔子学院被成功推广到105个国家，共建立358所学院和500多个孔子课堂。孔子学院正在很多国家落地生根，成为中华文化走出去的重要渠道。

【解说】孔子学院走向世界，其大背景是新中国60多年的沧桑巨变和精神求索，主旋律是新世纪以来社会主义中国走向文化振兴的激昂变奏。

【解说】当今时代，文化在综合国力竞争中的地位日益凸显。谁占据了文化发展的制高点，谁就有机会更好地提升本国的国际竞争力。衡量一个国家的综合实力，除经济、政治、军事等可以"看得到"的硬实力外，由文化而产生的软实力具有同样重要的意义，甚至在某些领域、某种程度上引领着硬实力的发展。

【专访】（中国文化软实力研究中心主任　张国祚）：

任何国家都需要两条腿走路，一条腿是物质硬实力，另一条腿就是文化软实力。如果说物质硬实力这条腿不行，那么这个

国家可能一打就垮、一推就倒；如果文化软实力这条腿不行，那么这个国家可能不打自垮、不推自倒。

【解说】泱泱华夏，上下五千年，在这悠久的历史中，文化总是因开放而包容、兼容并蓄而强大。

公元前139年，雄才大略的汉武帝为了联合西域少数民族共同抵抗匈奴，派遣年仅25岁的张骞出使西域。张骞率众历尽千难万险，虽然没能实现汉武帝的军事目的，却意外地完成了一次史诗般的探险之旅，打通了横贯欧亚大陆的众多古道。日后，这些古道成为中国向西方出口丝织品的交通要道，史称"丝绸之路"。

【画面】驼队前行

【解说】驼铃声声，悠悠千载。从西汉帝国到大唐盛世，"丝绸之路"上商贾昼夜不息，繁华如梦。中国的丝绸、造纸、印刷术、铜器、铁器、漆器、贵重金属等，源源不断地输往西方。"丝绸之路"上，传递的不再仅仅是丝绸，更流动着一种文化，一种负载在先进器物上的文化，一种因先进性而具有强大影响力、竞争力的文化。

【画面】唐招提寺

【专访】（唐招提寺修行僧 诚悟）：这座唐招提寺是距今约1250年前、公元759年建成的，创建这座寺庙的是从中国漂洋过海来（到日本）的鉴真和尚。

【解说】唐招提寺，日本国宝级古寺院。公元八世纪，唐朝中期，扬州大明寺高僧鉴真，历尽艰险，六次东渡，将佛教律学、汉方医药、建筑、雕塑等带到日本，为日本文化植入了当时最先进的文明成果。

【解说】随着生产技术的提高，历史进入了"瓷器时代"。千峰翠色的青瓷，脂凝玉润的白瓷，繁花似锦的彩瓷，开始经由一条崭新的海上大动脉，出口海外，这就是历史上的"陶瓷之路"。"陶瓷之路"的起点在中国东南

沿海的泉州，一条路线向西经印度洋、阿拉伯海到非洲的东海岸或经红海、地中海到达埃及等地；另一条则从东南沿海直通日本和朝鲜。

【现场】 "南海一号"发掘现场

【解说】2011年4月，南宋时期的古沉船"南海一号"被成功发掘，出水了两千多件器形完整、工艺精湛

的陶瓷制品。根据沉船的位置，专家考证，当时这艘古船是从中国出发，将远赴新加坡、印度等东南亚地区或中东地区进行海外贸易。

【解说】时至明朝，"陶瓷之路"因郑和七下西洋而开辟了更多的航线，进而名满天下。景德镇青花、龙泉青瓷、德化白瓷被郑和率领的这支当时世界上规模最大的远洋舰队带到了非洲东海岸和红海一带。

【解说】泥与火的交融，历练成瓷。中国瓷器，更是在这种锻造中，融入了浓郁的东方哲学和绘画、雕刻等艺术形式，使瓷器成为中华文化走出去的使者，成为了世界性的商品。和有形的瓷器一起走向世界的，还有无形的儒家文化、中华礼仪和农业生产技术等等，中华文明逐步成为走向世界的文明。

【专访】（黑龙江省文联主席 傅道彬）：

我们说的丝绸之路，其实包括海上丝绸之路和陆上丝绸之路两条道路。这两条道路的开辟，对于中国文化走向世界，产生了重要的影响。以"六经"为代表的儒家文化，不断地与东亚、东南亚当地的政治、文化、经济和社会（生活）方式融合在一起，形成了以汉字为代表、以儒家精神为基础的汉文明文化圈。儒家文明的生活方式甚至也曾经被带到了遥远的非洲，对非洲人的生产和生活也产生过一定的影响。

【解说】公元十六世纪，中国进入明朝中后期，世界历史则在开启新的纪元。在此后的三百多年里，中国与欧

洲之间的文化交流，开始打破自汉唐以来以物质文化为主的间接交往局面，在思想文化层面出现了直接的对话，亚欧大陆两端之间，一度呈现"西学东渐"和"中学西传"双向交流的文化景观。

16世纪末，意大利传教士利马窦率先将中国的儒家经典"四书"译成西文，引入欧洲。

【专访】（北京大学教授　丰子义）：儒学一进入欧洲，立刻受到关注，因为当时欧洲正在打破神权，开始倡导理性，人们急于找到一种新的看待世界的方法。于是，欧洲出现"中国热"。17、18世纪，在欧洲出版的中国著作达到700多种。

【解说】 在随后到来的18世纪启蒙运动中，伏尔泰、霍尔巴赫、狄德罗、莱布尼茨、魁奈等人，或从哲学角度，或在经济学领域，都从儒家思想中受到启迪。其中，作为启蒙运动领袖和导师的伏尔泰对孔子及其学说尤为推崇。他将孔子称为"圣人中的圣人"，甚至还在书房的墙上挂着孔子的画像。伏尔泰说："在这个地球上曾有过的最幸福的，并且人们最值得尊敬的时代，那就是人们遵从孔子法规的时代"。1755年，伏尔泰将中国戏曲《赵氏孤儿》改编成戏剧《中国孤儿》，在巴黎上演后，轰动法

国。伏尔泰认为，《赵氏孤儿》集中体现了中国道德和儒家文化的精髓，剧中人物忠诚奉献和成仁取义的高贵品格，正是当时法国社会所需要的。

【解说】从西汉到明清之际，在近两千年的时间里，博大精深的中华文化以其蓬勃的生命力，在多样化的世界文化中，巍然屹立，生生不息，持续而深入地影响着世界的进步与发展。

然而，当西方一边敞开怀抱吸收中国思想文化，一边实现着科技创新、市场开拓及军事扩张时，中国自身却变得越来越保守僵化、固步自封。

【专访】（清华大学教授 张国刚）：明清时期，西方文化也传到了中国。其实从晚明到康（熙）雍（正）乾（隆），（朝廷）对西方文化的器物层面都是不反对的，比如说康熙他在宫中设立精算馆，他本人也还学习做几何题、数学题，甚至他们对西方的钢琴、绘画都表示极大热情，宫中也有科学家，也有郎世宁这样的画家。但是，对于这些中国过去没碰到的"番邦夷狄"带来的近代的工业和商业文明，他们估计不足，应对不足，所以用一种"禁海"或者用一种保守的方式来加以应对，不能不说这是历史的遗憾。

【解说】腐朽的封建制度和保守的思想必然导致文化丧失先进性、缺乏竞争力，中外文化格局由此发生逆转。

【画面】鸦片战争

【解说】1840年，英国的坚船利炮打碎了清政府的"天朝上国"梦。此后一百年里，来自不同国家的各种文化思潮相继进入中国。

【解说】1949年，新中国成立了。我们在进行经济建设的同时，也在积极探索社会主义文化发展的道路，然而，在建国后的一个时期里，由于受国内外多种因素的制约，中国的发展在相对封闭的环境里走过了一段弯路。因此，当1978年改革开放的大门霍然打开的时候，西方文化思潮，又一次潮水般涌入了中国。

【专访】（中共中央文献研究室常务副主任　杨胜群）：改革开放初期，中国形成了一股"文化热"，那个时候在思想、文化上，"左"的思想禁锢被打破，人们头脑里面固有的文化观念被否定，但是一些新的东西又没有建立起来，那么，对文化生活的渴求使一些人对西方文化思潮，采取了一种"拿来主义"的态度。

【解说】任何一个国家、任何一个民族，只有形成根植于自己优良传统与现实，又面向世界的人类优秀文化成果，才是真正有竞争力的文化。

【解说】上世纪改革开放以来，人们开始在全球视野下，重新审视中国文化。打造文化软实力，建设"文化中国"，成为了中国人孜孜以求的文化梦想。

【解说】与此同时，一些新兴工业化国家和地区，纷纷把加快文化发展、增加国家软实力作为国家基本战略，在"知识经济高地"进行战略竞争的同时，又在"文化经济高地"展开新一轮博弈。

【解说】2001年1月，《角斗士》、《永不妥协》、《诚信无价》等10部电影被美国电影协会评为"2000年十大影片"，这些影片在创造了巨大票房收益的同时，也将美国思想文化传达给了世界。好莱坞电影就这样作为美国价值观的载体，被输送到世界各地。不同文化背景、不同生活方式的各国观众，就在大荧幕前，无意识地成为了美国文化、价值观乃至思维方式的受众。

【专访】（清华大学教授　尹鸿）：1998年，中国历史上的巾帼英雄花木兰的故事被美国拍成了电影，2008年和2011年，美国又先后拍了两部《功夫熊猫》，花木兰是中国的，功夫是中国的，熊猫也是中国的，中国的众多文化元素被美国拿去，拍出了在全球热映的"大片"。这说明，一方面，我们中国的传统文化依然具有魅力，另一方面，反映出我国的文化国际影响力与我国的世界地位还不相称，与我国深厚的文化底蕴也还不相称。

【解说】2002年，英国前首相撒切尔夫人在她的《治国方略——应对变化中的世界》一书中说："中国没有那种可用来推进自己权力、从而削弱其它国家的具有国际感染力的学说。今天中国出口的是电视机，而不是思想观念。"撒切尔夫人的话，虽刺耳，却发人深省。

【专访】（北京大学教授　王岳川）：

美国基辛格同仁公司总裁曾经在美国《外交季刊》上撰文直言不讳地宣称："美国应该确保：如果世界向统一语言方向发展，那么这种语言就应该是英语；如果世界向统一的电信、安全和质量标准发展，那么这些标准就应该是美国的标准；如果世界逐渐被电视、广播和音乐联系在一起，那么节目的编排就应该是美国的；如果世界正形成共同的价值观，那么这些价值观就应该是符合美国意愿的价值观。"

【解说】历史与现实告诉我们，"文化内辑，武功外悠"。文化作为一种软实力、一种精神力量，直接关系一国的国际影响力、国际竞争力和国际地位。

六集理论文献电视片《文化伟力》解说词图文本

【专访】（中国社会科学院文化研究中心副主任　张晓明）：我们进入了一个文化竞争的时代，现在国家的竞争，不是一个单纯的经济实力和军事实力的竞争，其实（还）是一个文化竞争。

【解说】提高国家文化软实力，建设"文化中国"，必须注重开启民智，在经济全球化语境中淬炼代表中华民族的文化精神，在世界主流文化秩序里铸就与世界异域文化平等对话的话语权。

【专访】（中共中央党校教授　严书翰）：建设社会主义文化强国是长期的系统工程，实现这个目标的根本

途径，就是要不断增强文化软实力，为此，需要树立强有力的国家精神，打造鲜明的国家形象。

【现场】歌手演唱依玛堪

【字幕】依玛堪

赫哲族说唱形式

2011年入选联合国非物质文化遗产名录

【解说】截至目前，中国已成为世界上拥有"非物质文化遗产"项目最多的国家。中国非物质文化遗产，被世界认可的同时，正在成为中国文化走出去的一张张精美名片。

【专访】（中国艺术研究院研究员　吕品田）：这些非

物质文化遗产在今天，对我们的民族文化认同，对于维护国家统一和民族团结，对于促进和谐社会及可持续发展都有着非常重要的意义和作用。

　　【解说】今天，越来越多的中国人，正在以平等的视角、平和的心态面对传统与现实，既不妄自菲薄，也不夜郎自大，也正因此，中国文化才得以在新世纪精神抖擞地走出去，中国的文化自信与文化自觉才能具有骨子里的底气。

　　【解说】2007年3月26日，"俄罗斯中国年"在莫斯科克里姆林宫盛大开幕。这一天，普京总统在讲话中引用

了《易经》和西汉淮南王刘安词赋中的两句话："同声相应，同气相求"、"根深则叶茂"。在接下来的"中国文化节"上，中国中央芭蕾舞团的芭蕾舞剧《大红灯笼高高挂》又一次艳惊四座。

【视频】芭蕾舞剧《大红灯笼高高挂》片断

　　【解说】这部改编自张艺谋同名电影的芭蕾舞剧，让世人第一次在芭蕾的舞台上，听到了京剧青衣的吊嗓，看到了旗袍芭蕾的中国风韵。

　　【专访】（中国社会科学院俄罗斯东欧中亚研究所研究员　吴恩远）：为什么说中国文化需要走出去，我觉得这是我们建设中国特色社会主义所需要的，根本原因就在于他（国外）不太了解中国的文化，中国的文化不具备侵略性，如果他们对中国文化有比较深层的了解，他就知道，在中国人的心目中，真正的和谐、中庸、平等交往，这是我们文化的主流。

【解说】文化彰显力量，文化为民族的历史记忆树起了一座座里程碑：

2008年，中国成功举办第二十九届奥运会，"同一个世界，同一个梦想"，展现了中国丰厚的文化底蕴；

2010年，上海世博会胜利召开，"城市，让生活更美好"的主题，为世界留下了永久的文化财富；

2003年中法文化年、2010年意大利中国文化年、2011年澳大利亚中国文化年、2012年德国中国文化年……

目前，我国已同世界上160多个国家和地区保持着良好的文化交流关系，与145个国家签订了政府间文化合作协定和近800个年度文化交流计划，在海外设立了96个使领馆文化处（组）和9个中国文化中心。

【解说】世界发展到今天，文化融合已经成为不可逆转的历史趋势。然而，融合并不意味着被同化、被消解。

恰恰相反，在不同文明空前碰撞的时代，坚持本土文化价值观，守护民族文化安全，已成为一个综合国力竞争的重大时代课题。

【解说】在当今世界文化发展中，存在着严重的不对称、不平等现象。在全球信息流动中，90%以上的媒体资讯是由以美国为首的西方发达国家控制的。在全球互联网服务器的存储中，美国提供的一般信息占80%，服务信息占95%。随着经济全球化的发展，西方思想文化借助经济、科技和传播上的优势迅速扩张，确保文化安全，不仅形势紧迫，而且任务繁重。

【专访】（中共中央党史研究室原副主任张启华）：有一些西方国家，利用他们经济上的优势，对另外一些国家进行文化侵蚀，企图把他们自己的意识形态、价值观念、道德标准和审美意识强加于人。

【专访】（中国社会科学院副院长 李慎明）：文化安全里边有个意识形态安全，我们有了正确的理论，我们有了正确理论的指导，我们各项工作、各个领域才可能有健康的发展。所以说我们的经济安

全、社会安全、周边安全，都需要正确的指导思想和正确的战略、策略和政策。

【解说】因此，我们必须充分认识文化安全的地位，对文化安全问题予以足够的重视，不断提高抵制文化霸权、捍卫文化主权的自觉性。

【解说】当今世界，各种思想文化交流交融交锋更加频繁，文化在综合国力竞争中的地位和作用更加凸显。大国崛起，不仅是经济现象，而且更是文化现象；不仅是经济增长，而且更是文化繁荣。唯有提高文化软实力，才能增强民族凝聚力、核心竞争力、国际影响力。

百舸争流、千帆竞发，有优秀文化的持续发力，中华民族这艘大船就一定能够乘风破浪、扬帆远航。

第五集

兴业之柱

六集理论文献电视片《文化伟力》解说词图文本

兴业之柱

　　【解说】这是深圳大芬村，它原本是深圳市龙岗区布吉镇布吉村的一个村民小组，改革开放前，这里还是一个人口只有300多人，人均年收入不到200元的小村。

　　22年后，在这片面积仅有0.4平方公里的土地上，来自全世界超过12000多位画工、画商，中外1200多家画廊聚集在此，从事油画创作生产。

　　【解说】2011年，大芬村油画出口总额超过5亿元，占据全球近60%的油画市场，这里被国内外的艺术同行誉为"中国油画第一村"。

是什么让这个小村创造了如此的经济奇迹？答案是文化产业。

【专访】（深圳市龙岗区大芬美术产业协会会长　吴瑞

球）：大芬村的成功在于它改变了传统油画创作方式，引入了商业化的运作模式，将个人的创作变为集体创作。大芬村模式的形成最重要的是香港的商业模式与深圳的特殊条件结合起来，出现了以生产油画作为最终产品，以生产为纽带的产业链，形成了一个完整的产业。

【解说】大芬村蓬勃发展的油画产业，正是中国文化产业高速发展的一个缩影。

【解说】我国文化产业作为社会主义文化建设的重要组成部分，已经从探索、起步、培育的初级阶段，进入快速发展的新时期，呈现出朝气蓬勃的新局面。

【解说】文化已成为生产力中最为活跃的智力要素之一，文化要素是知识经济发展的主引擎，文化产业是知识经济时代的朝阳产业。

【解说】文化产业是市场经济条件下推动文化大发展大繁荣的重要途径和支撑，同时又是当今时代推动经济发展的重要支柱产业，更是未来实现经济快速发展的重要动力和新增长极。

【专访】（中共中央党校原副校长 李君如）：由于经济的活动过程是以人为主体的一个活动过程，所以文化必定渗透于经济的全过程，从参加经济活动的人到经济活动的展开，从产品的设计、生产到产品的交换以及使用，无不渗透着文化，其原因就在于经济的全过程都是人的活动过程。

【解说】当今世界，文化与经济相融合产生的竞争力越来越成为一个国家持久而难以替代的竞争优势。各国都高度重视文化产业的发展，纷纷把文化产业列为国民经济发展的支柱产业。美国，已经走在了前面。

【解说】好莱坞电影在全球热卖，美国制作的流行音乐风靡世界，百老汇音乐剧在许多国家文化市场上热闹非凡。

凡此种种，无不凸显美国文化产业巨大的市场竞争力。

　　【专访】（清华大学教授　尹鸿）： 美国目前控制着世界上75%的电视节目和60%以上的广播节目的生产、制作与播出；美国电影占世界电影市场票房收入的2／3，电影出口占据世界电影市场的80%；全球互联网上英文信息占71%，美国文化占网上信息资源的80%—90%。

　　【解说】 美国是世界第一大文化产业大国，文化产业占到整个GDP约25%，在其国内产业结构中仅次于军工产业，位居第二，在出口方面则是第一大产业，已经成为美国国民经济的支柱产业和经济增长的重要动力。

【解说】日本则重点发展动漫产业。近十年来，日本动漫产业年平均销售收入达到2000亿日元，已经成为日本经济的三大支柱产业之一。

【专访】（中国社会科学院日本研究所研究员 崔世广）：日本是仅次于美国的世界第二大文化产业大国，它的文化产业占日本国内GDP的20%，（产值）超过了汽车产业。它的动漫产业现在占世界的60%以上，它的游戏产业现在占世界1/3以上的份额。

【解说】文化产业是最具可持续发展的绿色产业。经济危机时期，文化产业往往逆势而上。许多国家都把文化产业作为引领本国经济走出危机的战略性产业。

【解说】1929年，美国爆发规模空前的经济危机，约有200万人生活陷入困顿中。

【专访】（清华大学教授 刘玲玲）：当人们精神萎靡的时候，通过文化寻求精神上的慰藉与希望。

人们对文化的需求空前高涨，激发出更为丰富的内容、灵感与形式创新，文化市场也繁荣起来。据统计，1929年尽管遭遇大萧条，全美电影总票房竟比前一年增加了58.2%。

【解说】韩国在1997年金融危机期间，对外向型经济带来的国民经济脆弱问题进行了深刻反思，把文化产业确定为21世纪经济支柱产业。

【专访】（中国社会科学院韩国研究中心研究员 朴光海）：韩国政府认识到了文化产业在推动国家发展的重要性，所以它们集中一些资源，将这些资源投入到了信息、娱乐产业等与文化相关的产业。另外从文化产业的人才培养、产品研发到国际市场的开拓等一系列环节当中，给予了必要的协助和指导，所以为韩国文化产业下一步的发展铺平了道路，做了充分的准备。

【解说】几乎是一夜之间，以电子游戏、电视剧、电影为代表的韩国文化进入中国、日本等亚洲文化娱乐市场。韩国文化产业产值占世界文化市场份额不断扩大，跃居为世界文化产业前5强。

【解说】2008年至2009年，面对金融危机的冲击，中国文化产业逆势而上，其消耗少、污染低、附加值高等优势进一步凸显，成为经济寒冬中的一股暖流。

【专访】（北京电影学院教授 陈山）：2008年，中国电影产量达到406部，跻身世界前三位；电影票房攀升到创纪录的42.15亿元，首次进入全球电影市场前10名；到2011年，我国全年生产的各类电影总产量达到791部，全国电影总票房达到131.15亿元。我国图书出版物品种和总印数均占全世界第一名，电子出版物居世界第三位，电视剧年产1万多集，长篇小说3000部。

【解说】2008年国际金融危机爆发以来，我国文化产业在困境中快速发展，文化产业增长势头强劲，对国民经济的贡献率不断上升、促进作用日益凸显。

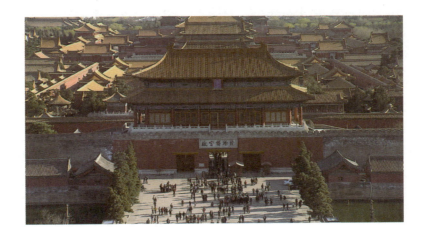

【解说】文化是人类的精神创造，也是人类的精神需求，不断满足人们日益增长的精神文化需求已成为实现文化产业快速发展的内生动力。

【解说】发展经济学理论与实践表明，当一国的人均GDP超过3000美元，居民的消费结构将会发生重大变化，食物消费比重下降，文化消费比重上升，呈现出由物质消费型向精神消费型转变的趋势。

【解说】当今，我国人均GDP超过5500美元，文化消费正步入快速增长期，这意味着一个庞大的国内文化消费市场正在孕育形成。

【专访】（中国社会科学院文学研究所所长　陆建德）：现在大家的生活水平不断提高，人们不再仅仅局限

于吃饱穿暖等物质方面的需求，对丰富的精神文化生活的期待大家是更加迫切了、愿望也更加强烈，文化越来越成为保障和改善民生的重要内容。也只有当文化表现出更强大的力量的时候，当发展具有更多文化含量的时候，经济发展才会进入到一个更高的层次、更高的水平。

【解说】长期以来，我国文化产业发展落后于经济发展，文化产品无论是数量上还是质量上，都还不能满足人民群众日益增长的精神文化需求，文化领域还是总供给不能满足总需求的领域之一，这种供不应求，蕴藏着巨大的发展潜力和空间。

【专访】（中国社会科学院学部委员　程恩富）：特别是中国，将会迎来一个文化资本参与文化产业兼并、重组的好时机。必将出现全球性文化产业制造中心从发达国家向发展中国家进一步转移的浪潮，甚至会出现原创和研发中心向发展中国家转移的现象。这也是我国文化产业迅速成长、走向世界的大好机会。

【解说】从根本上说，经济是文化产业发展的物质基础，文化产业是经济发展的"新增长极"，是经济发展实现赶超的后发优势，是经济后发地区实现跨越式发展的快车道。

【解说】上海、北京、广东、江苏、浙江等经济发达地区文化创意产业快速崛起，增长势头强劲，形成了较为完整的产业链条和集群优势，形成了一批知名企业和自主品牌，为促进当地经济增长、加快经济发展方式转变做出了积极贡献。

【专访】（中国社会科学院文化研究中心副主任 张晓明）：我们国家"十一五"期间文化产业的发展，根据国家统计局公布的数据，保持了每年超过20%的这样一个增长速度，应该说是一个非常高的，

高速的发展态势。在东部一些发达地区和重要的一些大城市，像北京、上海、深圳，还有中部一些个别的省，你比如说像湖南省，文化产业发展的速度超过了全国平均速度，甚至达到了25%到30%以上。如果在"十二五"期间持续这样一个速度的话，到2015年是有可能实现占国民经济5%这样一个支柱产业标准的。

【解说】近年来，我国文化产业快速发展，其中间产品和服务是最具创造性的生产要素，对国民经济各个部门具有广泛的关联带动作用。

2011年，我国文化产业增加值突破1.3万亿元。

2011年，我国出版行业年产值达到1.5万亿元。

2011年，中国电影票房收入突破130亿元。

2011年，获得发行许可的国产电视剧数量达1.4万多集。

【解说】新技术革命为文化功能的扩展提供了新的手段，催生出一系列新的文化业态。文化与科技、旅游、休闲、体育、会展等产业正在发生广泛地渗透和融合，形成以文化内容为纽带、关联度日益密切的庞大产业链和产业集群。

【解说】科技与文化历来如影随形，科技的每一次重大进步，都会给文化的传播方式、表现形式、发展样式带来革命性变化，催生出新的文化业态。作为中国改革开放的桥头堡的深圳，在信息技术日益发展过程中，将科技与文化产业融合在一起，用技术创新带动文化创意，实现了文化与科技的融合，打造出极具竞争力的文化产品。

【解说】仅仅4年时间，华强文化科技集团就创造了中国动漫年产量的新纪录，2011年动漫产量18512分钟，成为全国产量最大的动画企业，创下了中国动漫年产量的新记录，再次有力地诠释"深圳速度"。以文化为核心，以科技为依托，深圳华强文化科技集团走出了一条文化产业发展的新路子，形成了企业的核心竞争力。

【专访】（深圳华强文化科技集团股份有限公司副总裁　尚琳琳）：华强文化科技集团坚持自主创意、自  主创新。我们目前已经研发了十多类特种电影，输出全球四十多个国家和地区，我们的数字动漫的产量在2011年达

到了18512分钟，在包括央视的全国200多家电视台热播。国外我们也累计出口10万分钟，覆盖美国、意大利等100多个国家和地区。我们还有其它的像主题演艺、影视出品、影视后期这样的一些文化内容产品，我们把它整合运用到我们的文化科技主题公园里，这样文化科技主题公园就成为我们所有文化内容产品集大成的一个体验和展示，取得了非常良好的经济和社会效益。

【解说】以创意为核心元素的我国动漫产业已经显露生机，《熊出没》、《美猴王》、《喜羊羊与灰太狼》等一大批高质量原创动画成为吸引受众的优秀作品。《喜羊羊与灰太狼之牛气冲天》票房过亿元，刷新了国产动画电影的票房纪录。

与此同时，一批批文化产业园区、基地也在全国各地建立起来，有效发挥了孵化器作用，推动了文化产业快速发展。

【解说】随着文化的产业化发展，历史遗迹、人文景观、民风民俗等文化资源日益成为重要的旅游资源，旅游促进了民族文化的保护和传承，文化因为旅游的开发而变得生机勃勃、富有活力。

【专访】（中国社会科学院旅游研究中心副主任 戴学锋）：特别是旅游业和文化产业联系得非常密切，甚至可以这么认为，没有文化就没有旅游，也可以认为旅游业是一个经济性非常强的一个文化的事业，也可以认为是一个文化性很强的经济产业，它的两者联系非常密切。在现在我们国家经济产业已经非常大的这样背景之下，那么在我们国家大力弘扬文化产业这样的背景之下，旅游业的文化属性就显得尤为重要。

【解说】中国旅游业坚持文化引领、特色化和多样化发展道路，人文旅游、生态旅游、红色旅游等文化特色旅游蓬勃发展，实现了社会效益、经济效益和文化效益的共赢。

【解说】哈尔滨国际冰雪节，是我国历史上第一个以冰雪活动为内容的国际性节日，与日本札幌雪节、加拿大魁北克冬季狂欢节和挪威滑雪节并称为世界四大冰雪节。

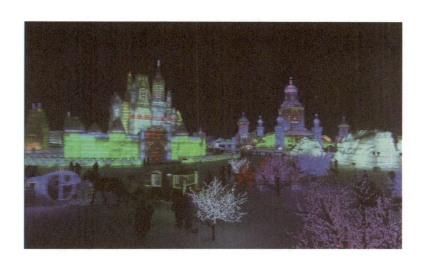

【专访】
（哈尔滨市旅游局局长　田岚）：自1963年创办的哈尔滨冰灯游园会，至今已经成功举办了38届。冰雪主题公园的建筑规模和艺术水准都居世界先进水平，成为驰名中外的冰雪艺术盛会。每年吸引了国内外百万游客纷至沓来，成为哈尔滨乃至中国的一张靓丽名片。

【解说】云南的大型歌舞《云南映象》，成为人们了解云南人文地理、民族风俗的名片。

　　贵州的《多彩贵州》，将贵州特有的酒文化、阳明文化、少数民族风情推向了世界。

　　广西的《印象·刘三姐》，集漓江山水、广西少数民族文化及精英艺术之大成，是第一部全新概念的"山水实景演出"。

【解说】革命老区利用优秀的革命文化传统，积极开发红色旅游。2011年，江西省红色旅游接待人数5560万人次，综合收入440亿元，同比分别增长28.5%和34.5%。完成红色旅游一期规划项目18个，总投资超过5亿元。

【专访】（中国社会科学院旅游研究中心副主任 戴学锋）：红色旅游开发这些年来，对地方的经济带动是非常明显的。前一段时间我们更多注重它的宣传作用，那么今后随着红色旅游的发展，特别是我们国家绝大部分红色旅游资源都在那些经济相对落后的地区。对这些地区来说，发展经济的任务更重。而且通过红色旅游确实也能够带动旅游产业的发展，从而带动第三产业的发展，进而带动整个地方经济的发展。

【专访】（游客 陈刚）：红色旅游让我们领略了祖国的大好河山，受到了革命传统教育。给我们带来了休闲

娱乐的同时，也使我们开阔了眼界，启迪了灵魂，提高了文化修养和思想境界。

【解说】正是因为文化与旅游的深度融合，使得中国的旅游业日益受到世界的关注。2010年，世界旅游旅行大会在北京举办，中国成为当今最有希望和前景的旅游目的地之一。

2011年，我国国内旅游人数达26.4亿人次，入境旅游人数1.35亿人次，旅游外汇收入470亿美元，全国旅游业总收入2.25万亿元，增长20.8%，新增直接就业约50万人。

　　【解说】文化主题博览也成为拉动产业经济的重要动力。2010年上海世界博览会，参观人数超过7000万人次，创造了世界博览会史上最大规模记录。世博会在给上海带来了直接巨大经济效益的同时，加快了上海全面发展的进程。

【解说】20世纪90年代以来，体育运动与电影、电视、音乐会等文化融合加强，以奥运会为代表的众多体育赛事，形成了空前广阔的国际体育经济市场，体育文化产业已经成长为一个蕴藏了巨大商机的新兴产业。

【专访】（北京体育大学教授　林显鹏）：体育产业尤其是体育文化产业，已经成为西方主要发达国家的支柱性产业，尤其是随着欧洲和北美的一些比较重要的联赛，像他们的橄榄球的决赛，像它的superball，以及欧洲的五大联赛，像四大满贯网球公开赛，那么已经成为西方主

要发达国家，人们享受生活，丰富人生，提升自己生活品质的一个非常重要的工具。体育产业在中国也获得了非常迅猛的发展，同时随着像姚明、李娜、刘翔等等一批耀眼明星的涌起，他们的兴起，他们已经成为我们中国百姓追捧这样的偶像。我们可以预计，中国体育产业会迎来光辉的明天。

【解说】文化＋科技、文化＋旅游、文化＋会展、文化＋体育，多种模式文化产业的竞相发展，不断提升了文化产业对国民经济增长的贡献率。

【专访】（中国人民大学教授　邱海平）：最近十年以来，我国文化产业获得了快速地发展，成为我们国家经济增长的一个亮点。2011年，我国

文化产业的总产值超过了3万亿元人民币，占GDP的比例也首次超过了3%，成为我们国家经济增长的一个亮点。进一步发展文化产业，是促进我们国家的经济结构的战略性调整的一个重要内容，也是加快我们国家经济发展方式转变的一个重要的着力点。

【解说】当今时代，文化与经济日益交融，文化经济一体化发展已经成为不可阻挡的趋势。当今中国，已经步入文化产业高速发展的快车道。

【解说】沐浴着党的十七届六中全会的春风，文化创造活力的充分涌流，文化发展动力的竞相迸发，必将推动文化产业走过春天的姹紫嫣红，迎来金秋的累累硕果。

第六集

强国之路

六集理论文献电视片《文化伟力》解说词图文本

强国之路

【画面】复兴之路

【解说】2009年9月20日，大型音乐舞蹈史诗《复兴之路》在人民大会堂隆重上演。

【解说】复兴，是二十世纪中国的鲜明主题，也是二十一世纪企盼实现的蓝图。而文化，就是绘就这张蓝图的重彩之笔。

【解说】2011年10月15日召开的党的十七届六中全会，明确提出了坚持中国特色社会主义文化发展道路，建

设社会主义文化强国的战略目标，是我们党着眼于推动文化长远发展，实现中华民族伟大复兴提出的重大战略思想和战略举措。

【专访】（中央编译局局长　衣俊卿）：这次全会做出

了关于进一步深化文化体制改革，推动社会主义文化大发展、大繁荣的决定，特别是明确提出了建设社会主义文化强国的宏伟目标。这标志着我们党高度的文化自觉和文化自信，它对于中华民族的伟大复兴，包括对人类的进步和世界文明的发展都具有重大的意义。

【解说】文化兴则民族兴，文化强则国力强。从中华民族的历史看，有过辉煌与经验，也有过伤痛与教训。

【解说】我国古代汉唐强盛时期，正是文化繁荣时期。西汉王朝为文治思想之发端，汉儒名家辈出，修礼乐，尚教化，开启了大汉四百年基业。而后，唐帝国崇高的国际地位和辉煌的经济文化成就，使亚洲各国乃至欧洲、非洲国家产生了羡慕之情，争相与唐朝交往。那个时候的大唐，成为亚洲诸国经济文化交流的桥梁和中心。

【解说】历史的发展总是波浪式前进的。自1840年英帝国侵略中国开始，中国便陷入了被动挨打的境地。而清政府政治上黑暗腐朽，文化上因循守旧、固步自封，让人有"万马齐喑"之叹。

【解说】进入二十世纪，文化兴国逐步成为西方国家的强国战略。1929年至1933年，世界经济危机席卷全球，美国针对当时文化领域的困境，推出了"新政文化计划"。

【专访】（北京大学教授　王东）：二十世纪三十年代初期，罗斯福也推行了新政，新政当然首先是对付当时的经济危机，经济大萧

条、大衰退。主要是经济措施，但实际上除了经济措施也包括文化内容，也包括文化的新政。包括了联邦的作家计划、联邦的音乐计划、联邦的艺术计划等等方面，这个对于美国走出当时的大衰退、大萧条都起了重要的作用。

【解说】文化的潮起潮落，关乎着国运的兴衰成败。中国共产党始终保持着清醒的现实认知和高度的文化自觉，始终在探索着一条用先进文化整合社会力量、引领社会前进的发展之路。

实际上，一直以来，我们党探索文化强国之路的实践脚步从来就没有停止过。

【解说】1942年5月23日，100多位文艺界代表在延安

聆听了毛泽东在文艺座谈会上的讲话。毛泽东指出："在我们为中国人民解放的斗争中，有各种的战线，就中也可以说有文武两个战线，这就是文化战线和军事战线。我们要战胜敌人，首先要依靠手里拿枪的军队。但是仅仅有这种军队是不够的，我们还要有文化的军队，这是团结自己、战胜敌人必不可少的一支军队"。

【专访】（文化部原代部长 贺敬之）：这个讲话中间提出来（文化）"为什么人"的问题，就是说这个讲话从"为什么人"和"怎么为"两个方面，提出了文艺要为人民、为工农兵群

众服务的正确方向，提出了文艺工作者要和人民群众相结合的正确的道路。

　　【解说】新中国成立伊始，除旧革新，百废待兴，党中央始终重视文化事业的发展。毛泽东预言："随着经济建设高潮的到来，必将出现一个文化建设的高潮"。1951年，毛泽东为中国戏曲研究院题词"百花齐放，推陈出新"。1953年，他就中国历史研究问题提出"百家争鸣"。1956年4月28日，他在中共中央政治局扩大会议上说：艺术问题上的"百花齐放"，学术问题上的"百家争鸣"应该成为我国发展科学、繁荣文艺的方针。

【专访】（文化部原部长王蒙）：他在文艺的问题上和学术的问题上，他提出了"百花齐放，百家争鸣"这样一个方针。而且他还非常关心，也曾经以我在1956年的作品《组织部新来的年轻人》为例，来提倡这个百花齐放，提倡要有保护性的批评，提倡要分清主导的和次要的等等，都是有利于推动文化生活和文学创作的。

【解说】1979年邓小平同志在《中国文学艺术工作者第四次代表大会上的祝词》中指出："我们要在建设高度物质文明的同时，提高全民族的科学文化水平，发展高尚的丰富多彩的文化生活，建设高度的社会主义精神文明"。他强调"物质文明、精神文明两手抓"，"两手都要硬"。

【专访】（中央编译局局长衣俊卿）：邓小平的文艺理论继承了毛泽东在延安文艺座谈会上讲话精神，强调了"双百"方针，强调为人民服务、为社会主义服务。只

有按照这样一种思想路线，我们的文艺才能真正植根于社会，贴近于人民群众，提供那种真正有创造力的作品。

【解说】2000年2月，江泽民同志在广东考察工作期间提出了"三个代表"重要思想，把"始终代表中国先进文化前进方向"上升到我们党立党之本、执政之基、力量之源的高度。他还强调文化软实力的强弱"是综合国力的重要标志"，"实现文化的与时俱进，是关系广大发展中国家前途命运的重大问题"。

【专访】（中共中央党校教授 严书翰）："三个代表"中的第二个代表，就是中国共产党代表中国先进文化的前进方向，这是我们党在新的历史条件下保持党的先进性的根本保障，也是我们中国共产党历届中央领导集体，重视文化和文化建设的生动体现。我们党只有真正代表中国先进文化的前进方向，才能始终走在时代潮流的前列，才能始终成为建设中国特色社会主义事业的领导核心。

【解说】2002年以来，以胡锦涛为总书记的新一届中央领导集体，从经济建设、政治建设、文化建设、社会建设四位一体总体布局的高度，提出兴起文化建设新高潮、

推动文化大发展大繁荣的战略构想。

【解说】2010年7月23日，中共中央政治局举行第22次

集体学习，专题研究深化我国文化体制改革问题。胡锦涛总书记在主持学习时强调，深入推进文化体制改革，促进文化事业全面繁荣和文化产业快速发展，关系全面建设小康社会奋斗目标的实现，关系中国特色社会主义事业总体布局，关系中华民族伟大复兴。

【专访】（中共中央党史研究室原副主任　张启华）：

从党的十七大明确经济建设、政治建设、社会建设、文化建设四位一体的总体布局，到中央政治局集体学习研究文化建设问题，再到十七届六中全会决定，标志着我们党对文化建设的认识达到了一个新高度，标志着中华民族的文化自觉和文化自信站在了一个新的历史起点上。

【解说】建设社会主义文化强国必须坚持推进社会主义核心价值体系建设，用马克思主义中国化最新成果武装全党、教育人民，用中国特色社会主义共同理想凝聚力量，用以爱国主义为核心的民族精神和以改革创新为核心的时代精神鼓舞斗志，用社会主义荣辱观引领风尚。

【字幕加画面】《关于深化文化体制改革的若干意见》、《关于进一步加强农村文化建设的意见》、《国家"十一五"时期文化发展规划纲要》、《关于加强公共文化服务体系建设的若干问题》、《关于深化文化体制改革，推动社会主义文化大发展大繁荣若干重大问题的决定》、《国家"十二五"时期文化改革发展规划纲要》

【解说】从《关于深化文化体制改革的若干意见》到《关于深化文化体制改革，推动社会主义文化大发展大繁荣若干重大问题的决定》，党的十六大以来短短十年间，党中央、国务院先后下发了一系列关于文化建设问题的文件。文件中提出的战略举措，丰富了中国特色社会主义理论体系关于文化建设的思想，推动了文化大发展大繁荣的生动实践，廓清了文化强国之路径。

【解说】以改革创新为动力，构建起充满活力、富有效率、更加开放，有利于文化科学发展的体制机制，是建设社会主义文化强国的重要途径和措施。党的十六大以来，文化体制改革已走过了局部试点、全面铺开阶段，进入了深入推进时期。

【画面】东方演艺集团演出

【解说】中国东方演艺集团是文化部直属的国家艺术院团，它的前身是久负盛名的东方歌舞团。2009年东方歌舞团开始转企改制，按照现代企业制度和市场化运作的模式，组建了东方歌舞团、中国歌舞团、东方流行乐团和东方民乐团等七大演出实体，同时实施分配制度改革和人

事制度改革，在"不论职称论能力、不看职务看业绩、不讲工龄重效益"理念的引领和推动下，充分调动演艺人员的积极性，实现了集团的快速发展。

【专访】（中国东方演艺集团董事长 顾欣）：演出场次比以前增多了，演出的收入比以前增高了，演职人员的收入

也比以前高了，另外最最主要的就是：我们一种企业主人翁意识增加了。逐渐的由不通到通，由被动到主动。现在中国东方演艺集团整个集团内部下设的这些子公司，都呈现了一种你追我赶、积极向上的，变要我干为我要干，一种完全的新型的文艺表演团体的观念出现了。

【解说】时代出版传媒股份有限公司是安徽出版集团旗下的一家子公司，从传统的纸张印刷、人工渠道发行跨越到全数字出版发行，再到创新出电子图书与读者的即时交流互动，这个三级跳让出版社进入了一个全新的市场空间。2005年，企业未转制前，公司只有八、九个亿的销售收入，利润仅5千万，而去年公司销售收入达到100亿，利润5个多亿，等于一年再造了一个集团。

【专访】（时代出版传媒股份有限公司董事长　王亚非）：在传统观念中间最大的问题是什么，那就是说，经常探讨一些认为这个也不可能，那个也不可能。那转变过以后，最大的转变就是：没有什么不可能，就是你去不去干的问题，这是个大问题。包括现在对新媒体的问题，新媒体多媒体当然大家都存在有不可能的事情，但是不可能的事情要求你去摸索，要求你去学习。不是你不懂就是不可能，不是你不会就是干不好，而是你要把它学会，而是你要搞懂，这么一个过程。

【解说】2011年10月12日上午，黑龙江广播电视网络股份有限公司哈尔滨元申广电公司揭牌仪式在哈尔滨举

行。黑龙江省广播电视网络整合坚持行政推动与市场运作相结合，边转企改制，边审计评估，边运营发展，用不到一年的时间，一次性实现了网络覆盖全省，被业内称为"黑龙江模式"。

【解说】我国文化体制改革取得了显著成绩，国有文艺院团完成转制590家，非时政类报刊完成转制595家，22个省区市实现省内广电传输网络整合。全国共注销经营性文化事业单位4000多家，核销事业编制18万个以上。随着大批国有经营性文化单位完成企业工商注册登记，曾经靠吃"皇粮"生存的事业单位开始进入市场，"事业人"变成了"企业人"。

【解说】作为中国最大的电影制作与发行机构，中

国电影集团公司成立于1999年，通过建立现代企业制度，进行业务重组、资产整合和产权制度改革，逐步建立了适应市场需求的运行机制，形成了包括制片、制作、宣传营销、发行放映、影院投资、海外营销在内的完整产业链。正是市场化运作，使中影成为中国电影业的"航空母舰"。目前已经形成年产故事片60部、电视剧400部集、电视电影150部，发行国产及进口影片200部的生产经营能力。

【解说】从2005年8月，我国颁布《关于非国有资本进入文化产业的若干决定》，民营文化企业在中国的文化产业中异军突起。据统计，以华谊兄弟为代表的我国现有民营影视企业2000余家，产量占全国电影电视生产总量的一半以上。

【解说】国有经营性文化单位和民营文化企业的竞相发展，恰恰是我国文化产业蓬勃发展的一个缩影。近几年，随着深化文化体制改革，一批经受住市场考验的文化企业茁壮成长，一个以公有制为主体、多种所有制共同发展的文化产业格局逐步形成。

【专访】（清华大学教授 刘玲玲）：无论是演艺、新闻出版或者是影视产业，我们现在需要做的是构建现代文化产业体系，就是构建结构合理、门类齐全、科技含量高、富有创意、竞争力强的现代文化产业体系，推动文化产业跨越式发展，为推动科学发展提供重要支撑。

【解说】建设社会主义文化强国之路是一条以人为本之路。更好地满足人民群众基本文化需求，让人民群众在共享文化发展成果中培厚文化积淀、提升整体素质，是建设社会主义文化强国的重要任务。

【解说】党的十六大以来，公益性文化事业呈现出强劲的发展态势：政府近10年的文化基础设施投入，是过去几十年的总和。2006年的685亿元至2010年的1528亿元，年均增长22.2%，是改革

开放以来增长速度最快的一个时期。

中央及地方各级政府对公益性文化事业的大力投入也取得了丰硕的成果。广播电视村村通工程已覆盖全部通电行政村和20户以上自然村，文化信息资源共享工程已建成83万个服务点、覆盖全国90%的行政村，农家书屋已建成40万家、覆盖50%的行政村，基本实现了乡乡有综合文化站。此外全国已有1743家公共博物馆、纪念馆、爱国主义教育示范基地向社会免费开放，覆盖城乡的公共文化服务体系框架基本建立，人民群众得到了更多的文化实惠。

【专访】（中共中央党校原副校长 李君如）：构建公共文化服务体系，是我们建设社会主义文化强国的重要任务和目标。只有按照公益性、基本性、均等性、便利性要求，加快建设覆盖城乡、结构合理、功能健全、实用高效的公共文化服务体系，使人民群众在享受更多更好文化作品和服务中，不断提升思想境界、道德水准和文化素质，我们文化强国的这个目标才能达到，我们的文化才能繁荣兴盛。

【解说】建设社会主义文化强国，必须努力培养一支德才兼备、锐意创新、结构合理、规模宏大的文化人才队伍。围绕加强文化人才建设，党中央推出了一系列措施。其中，实施文化名家工程，扶持了一批造诣高深、成就突出、德艺双馨、影响广泛的思想文化领域杰出人才。"四个一批"人才培养工作造就了大批术有专攻、业有所成的理论、新闻、出版工作者和作家、艺术家。上世纪90年代初，新闻界最高荣誉奖长江韬奋奖的创立，至今已经举办了11届评选，共表彰奖励116位精英人才。

【解说】创作生产更多的精品力作，是建设社会主义文化强国的重要标志。多年来，我们党积极推动文化产品创作生产，先后设立了国家文化发展基金和国家出版基金，深入实施"五个一工程"、马克思主义理论研究和建设工程、重大革命和历史题材创作工程、重点文学艺术作品扶持工程、优秀少儿作品创作工程……，组织开展了鲁迅文学奖、茅盾文学奖、华表奖、金鸡奖、百花奖、飞天奖和中国美术奖以及文华奖、梅花奖等评奖，推动了文艺创作的繁荣发展，涌现了一批深受人民群众喜爱的精品力作。

【解说】2012年10月11日，瑞典皇家科学院诺贝尔评审委员会宣布：莫言获得2012年诺贝尔文学奖。这是中国籍作家首次获此殊荣。

【专访】（北京大学教授 王岳川）：正是这些异彩纷呈的文艺精品，弘扬了主流价值观念，传播了中华文化精髓，对内增强了民族凝聚力，对外扩大了国家影响力，让世界领略到了我们社会主义文化建设的辉煌成就。

【专访】（中共中央文献研究室副主任　陈晋）：要创作出文化的精品和力作，首先是创作者本身，要对这个时代要有非常深刻地理解和热切地融入。

【解说】2011年1月，甘肃丝绸之路、敦煌宝库、嘉峪雄关、黄河三峡、藏地秘境等一幅幅绚丽壮美的中国西部风光画卷，袁隆平、姚明、陈凯歌等一位位黑眼睛、黄皮肤的中国名人出现在号称"世界十字路口"的美国纽约时代广场最醒目的户外广告大屏幕上。

【解说】中国特色社会主义文化道路已经开辟，文化强国宏伟蓝图已经绘就，实现这一宏伟蓝图需要我们炎黄

子孙以更加高度的文化自觉和文化自信，不懈奋斗、不断
创造。

【解说】放眼世界、展望未来，只要我们立足中国
特色社会主义实践，在人民群众的伟大创造中进行文化创
造，在历史进步中实现文化进步，就一定能够创造出无愧
于历史、无愧于时代的灿烂文化，为人类世界贡献更加辉

煌璀璨的文明成果。

　　【解说】国家兴旺，文化兴盛。今天，社会主义中国，正在以海纳百川的博大胸襟、以改革创新的恢宏气魄、以文化的高度自信自觉自强，走向伟大复兴。